虎に似たり

あっぱれ毬谷慎十郎㊀

坂岡 真

角川春樹事務所

目次

卍寛永寺
不忍池
弁天堂
丹波道場
（池之端無縁坂下）
湯島天神
卍
浅草寺
正覚寺
吾妻橋
卍
蔵前
神田川
神田明神
浅草御門
柳橋
両国橋
田安御門
江戸城
日本橋
新大橋
大川（隅田川）
龍野藩上屋敷
（和田倉門外）
京橋
桜田御門
深川
虎之御門
龍野藩下屋敷
（芝口）
卍増上寺

毬谷慎十郎
道場破りの道

❶長沼道場（虎ノ門・江戸見坂）
直心影流

❷士学館（京橋・蜊河岸）★
鏡心明智流

❸直井道場（神田・お玉ヶ池）
柳剛流

❹玄武館（神田・お玉ヶ池）★
北辰一刀流。館長・千葉周作。

❺井上道場（下谷・車坂）
直心影流

❻池田道場（牛込・筑土八幡）
無敵流

❼伊庭道場（上野・御徒町）
心形刀流

❽中西道場（下谷・練塀小路）
中西派一刀流

❾鈴木道場（麴町・六番町）
無念流

❿鵜殿道場（神田・駿河台）
小野派一刀流

⓫練兵館（九段下・俎板橋）★
神道無念流。館長・斎藤弥九郎。

◉男谷道場（本所・亀沢町）
直心影流総帥・男谷精一郎信友がいる。

★……江戸三大道場

虎に似たり

あっぱれ毬谷慎十郎〈一〉

虎に似たり

一

天保九年（一八三八）如月。

腹あ減った。

もう、一歩も動けぬ。

そうおもった途端、足が縺れてひっくり返った。

「邪魔だ。退け、ばかやろう」

濛々と砂煙を巻きあげ、大八車がすぐ脇を通りすぎていく。

「げほ、げほ、ぐえほっ」

慎十郎は激しく咳きこみ、ごろんと大の字になった。

ここは往来のまんまんなか、草鞋を履いた足のさきには日本橋がある。

橋詰めの晒し場には、姦通のあげくに心中をはかった坊主と年増が晒されていた。

「ちくしょう、恥晒しめ」

年増の亭主とおぼしき男が泣きわめき、小石を投げつけている。

筵のうえで後ろ手に縛られた坊主と年増は避けようともせず、額から真っ赤な血を流した。

道行く人々は冷めた目を向け、足を止めようともしない。

これが江戸か。

慎十郎は、虚しい気分にとらわれた。

が、そんなことはどうでもいい。

誰か、飯をくれ。

播州の龍野から遥々、山陽道、東海道とたどり、気の遠くなるほどの道程をやってきた。小田原でついに路銀は尽き、そこからの二十里（約七十九キロメートル）余りをどうやって歩いたのかさえおぼえていない。

この三日というもの、米粒ひとつ口に入れていなかった。

水だけでしのいできたのだ。

もう、一歩も動けぬ。

煮るなり焼くなり、好きにしてくれ。

慎十郎は、干涸らびた胸の裡で叫んだ。

野垂れ死ぬ覚悟をきめ、四肢の力を抜く。

すると、怪しい連中に足首を摑まれ、ずるずる道端へ引きずられていった。

「ずいぶん重え野郎だぜ」

「よし、その辺でいい。おまえら、ご苦労だったな」

「旦那、手間賃は」

「うるさい。去れ。去らぬと斬るぞ」

「ひぇっ」

そうした会話が聞こえても、目を開ける気力は残っていない。

「おい、生きておるのか」

平手で頰を叩かれ、仕舞いには顔に水をぶっかけられた。

半眼でみやれば、髭面の浪人が上から覗きこんでいる。

「ん、生きておるではないか。おぬし、ごたいそうな刀を差しておるの」

浪人はへらへら笑い、腰の刀に手を伸ばそうとする。

その手首を、慎十郎は素早く摑んだ。

「うっ」

意識は虚ろでも、身を守る本能は起きている。

まるで、蛇が獲物を捕らえたかのようだった。

浪人が必死に振りほどこうとすればするほど、万力のように締めつけてくる。

「い、痛っ……は、放せ」

放すどころか、慎十郎は力任せに引きよせた。

「ぬれっ、何をする」

近づいた浪人の顔が、恐怖にゆがむ。

慎十郎は眸子を瞠り、ひとことつぶやいた。

「飯をくれ」

ぱっと手を放す。

「ぬわっ」

浪人は尻餅をつき、這うように逃げていった。

入れかわりに、別の人影が音もなく近づいてくる。

網代笠を目深にかぶった托鉢僧だ。

数珠を爪繰り、屈みこみ、手にした鉢を無言で差しだす。

鉢のなかを覗いてみると、施し飯がこびりついていた。
「うおっ」
慎十郎は目の色を変え、鉢のなかに顔を突っこむ。
がつがつと野良犬のように食い、飯を咽喉に詰まらせた。
托鉢僧はすかさず竹筒を取りだし、水を呑ませてくれる。
渇ききった心に冷たい水が滲みこみ、目から涙が溢れてきた。
とめどもなく涙は溢れ、感謝の気持ちで胸がいっぱいになる。
托鉢僧は静かに微笑み、穏やかな陽光を背にして立ちあがった。
四角い顎のさきに、蝙蝠のかたちをした痣がある。
けっして、忘れはすまい。
いかにうらぶれようとも、他人から受けた恩義を忘れてはならぬ。
どんな窮地に立たされても、善なるものの尊さを忘れてはならぬ。
慎十郎は修験者のように、胸の裡で何度も繰りかえす。
気づいてみれば托鉢僧は去り、さきほどの痩せ浪人が戻ってきた。
「おい。おぬし、何者だ」
「食いつめ者です」

聞かれて咄嗟に応じると、瘦せ浪人は腹を抱えて笑った。

「それなら、わしと同じだ。立てるか」

「はい」

ふらつきながらも、どうにか立ちあがる。

「げえっ」

瘦せ浪人は、空唾を呑んだ。

慎十郎のほうが、首ふたつ大きい。

「でかいな。六尺（約百八十二センチメートル）は優にあるぞ。おぬし、名は」

「毬谷慎十郎です」

「毬谷か。珍しい姓だな。わしは恩田信長よ」

「恩田信長」

どこかで聞いたことのある名だが、おもいだす気もない。

「わしはな、五年前まで加賀前田家の家臣であった。気に食わぬ上役を斬って、出奔したのよ」

「はあ」

「驚かぬのか。わしはこうみえても、兇状持ちのお尋ね者ぞ」

「なるほど」

頬の痩けた顔が蟋蟀に似ていると、慎十郎はおもった。

季節外れの蟋蟀は、黄色い歯をみせて笑う。

「おぬしも、どこぞの藩を出奔した口か」

「はあ」

「喋りたくないようだな。まあよかろう。従いてこい」

恩田はさきに立ち、意気揚々と日本橋を渡りはじめた。

慎十郎は橋のまんなかで立ちどまり、おもわず欄干へ向かう。

壮麗な千代田城の遥か彼方に、雪をいただいた富士山をのぞむことができた。

「あれが霊峰富士よ。朝日を浴びて輝いておる」

慎十郎はことばも忘れ、食い入るようにみつめた。

「見事なものであろう。わしもな、江戸へ出てきたばかりのころは、日がな一日飽くこともなく、富士山を拝んでおった。さあ、まいろう」

橋を渡って川沿いに右手へ曲がれば、三町（約三百二十七メートル）さきの江戸橋まで魚河岸がつづく。

早朝の競りは終わったものの、江戸随一と言われる喧噪の名残は感じられた。

「腹が減ったら、ここに来ればよい。魚の一尾や二尾は落ちておるぞ。ぬはは」

恩田は裏手の露地に向かい、河岸人足を相手にする一膳飯屋へはいった。

「まずは、腹ごしらえだ。親爺、飯をくれ」

慎十郎には丼飯と香の物を、自分には酒肴を注文する。

床几に座った途端、山盛りの丼飯が出された。

「さあ、食え」

恩田は酒を注ぎながら、尖った顎をしゃくる。

慎十郎は箸に手を付けず、しょんぼり俯いた。

「どうした。腹が減っておるのだろう」

「見ず知らずの方から、このようなご厚意を頂戴するわけにはまいりません」

「物乞いの飯は貰っても、わしの飯は食えぬと申すか。水臭いのお。わしとおぬしは名乗りあった友ではないか」

「友」

「ああ、友だ。さ、遠慮するな」

「はい」

慎十郎は、ぱっと瞳を輝かせる。

丼飯をかっこみ、櫃ごとお代わりし、瞬きのうちに半升の飯をたいらげると、その顔はみるまに生気を帯びた。

「よう食ったな。生きかえったか」

「はい、ご覧のとおり」

「よくよくみれば、鼻筋の通った良い男ではないか。ふむ、その面なら歌舞伎の立役もできるぞ。年はいくつだ」

「二十歳です」

ぷっと、恩田は酒を噴く。

「嘘を吐くな」

「嘘ではありません」

「わしとひとまわりもちがうのか。そうはみえぬな。まあしかし、歳なぞはどうでもよい。その堂々とした男振りに、わしは惚れたぞ」

「え、惚れた」

「勘違いするな。わしは衆道ではない。最初はほれ、反りの深そうなその刀が目当てであったが、どうでもよくなった。おぬしをみておると、放っておけなくなってくる。こうした気分になるのは、生まれてはじめてのことでな。わしに何かしてほしいことはないか」

「してほしいこと」

「何でもよい。江戸が不案内なら、行ってみたいところを言え。どこへでもつきあってやるぞ」

「されば」

慎十郎は血走ったぎょろ目を剝き、恩田をじっと睨みつけた。

二

江戸城本丸、老中詰所。

午後になって、風が出てきた。

襖の隙間から、梅の香が迷いこんでくる。

脇坂中務大輔安董は脇息にもたれ、気持ちよさそうに居眠りをしていた。

夢のなかで安董は、胴丸に輪違紋の描かれた甲冑を纏って黒鹿毛にまたがり、颯爽と合戦場に向かっている。右脇にたばさむのは九尺の長槍、穂先は蝦夷に棲息する貂の皮でこしらえた鞘に納まっているのだが、このめずらしい槍鞘は丹波攻めの際に敵将から奪った戦利品にほかならない。

貂の皮こそは勇猛果敢な脇坂家の象徴、対峙する敵も恐れをなすことだろう。

時は天正十一年（一五八三）卯月、めざすは琵琶湖北岸の賤ヶ岳、本能寺で討ち死にした織田信長の後継を賭けた柴田勝家との一戦である。

天下を虎視眈々と狙う羽柴秀吉の麾下にあって、一番槍の手柄をあげようと勇んでやってきたのはよいが、濃霧のなかで道に迷ったあげく、たどりついたところはなぜか、江戸谷中延命院の七面堂であった。

後世まで名を残すはずの強者が、音に聞こえた敵将ではなく、雪隠臭い色坊主を穂先で突こうとしている。

「ぬえい、たあ……っ」

安董は眠ったまま、腹の底から奇声を発した。

鋭利な穂先で突いた的は木製の高札、坊主の素首ではない。

首は首でも、高札の面にはふざけた落首が書かれてあった。

――また出たと　坊主びっくり　貂の皮
ふはは、言い得て妙なり。

安董はほくそ笑み、夢のなかで来し方の栄光を顧みる。

若いころから弁舌爽やかで見目もよく、将軍家斉の目に留まり、二十四歳で寺社奉行に抜擢された。

色坊主と大奥女中らの淫行を摘発した谷中延命院の仕置きは、三十六歳の出来事だ。悪名高い住職の日道を捕らえて獄門台に送り、大奥にも厳正なる処分を下し、巷間では名奉行と謳われた。

先祖は「賤ヶ岳の七本槍」のひとりとして名高い脇坂甚内安治である。

九代前のご先祖から脈々と受けつがれた剛毅さと反骨魂、そして、類い希なる清廉さがよほど気に入られたのか、家斉の命で二十二年もの長きにわたって寺社奉行を務め、いちど身を退いてからも、十六年後に再度登用されることとなった。

落首は、そのときに詠まれたものだ。

――また出たと　坊主びっくり　貂の皮

権威に胡座を搔いて威張りくさる宗門の天敵、安董の再登場は市井からも大いに歓迎された。でんと座って睨みを利かせているだけでも効果覿面、上屋敷の所在地に因んで「辰ノ口の不動明王」などという綽名まで付けられた。

綽名のとおり、再任のあとは不動の構えでしばらくなりをひそめていたが、但馬国出石藩仙石家のお家騒動を見事に裁き、一方に肩入れした時の老中首座松平康任を失脚に追いこんだ。

その功績を家斉に高く評価され、一昨年の春、西ノ丸老中格に昇進し、なおかつ、次期将軍と目される家祥の後見役をも任され、昨秋からは本丸老中の座に就いている。

江戸幕府開闢以来、本丸老中まで出世した外様大名はいない。

胸を張って誇るべきことだが、このところ、安董はいささか疲れを感じていた。

双肩にのしかかるのは、幕閣としての重責だけではない。日本全国に飢饉が蔓延し、百姓一揆や打ち毀しが頻発する世情不安のなか、播州龍野藩五万一千石の領主として、藩政の舵取りもしなければならない。

さすがに、歳だわな。

古希を過ぎた。他人の倍は生きている。

ご先祖になりきって槍をたばさみ、色坊主めがけて突進する。

そうした珍妙な夢と現の峻別が紛らわしくなっても、致し方のないところだ。

近頃は物忘れもひどいし、判断力も鈍くなっている。

そろそろ、隠居の潮時かもな。

安董は半睡の頭で納得し、うんうんと頷いた。

その拍子に、脇息からずり落ちる。

と、そこへ。

裃の衣擦れも忙しなく、雪をかぶったような白髪の老臣があらわれた。

龍野藩江戸家老、赤松豪右衛門である。

「殿、一大事にござりまするぞ」

「おう、豪か。おぬし、いくつになりおった」

「はて。おのれの歳など忘れ申した」

「されば、教えて進ぜよう。わしが七十一で、おぬしは七十じゃ。がはは、目糞と鼻糞のちがいにすぎぬわ」

「恐れ多いことにござりまする。拙者は鼻糞でも、殿を目糞と申しあげるわけにはまいりませぬ。まがりなりにも、本丸のご老中であらせられるお方を目糞なぞと、死んでも口にできませぬ」

「ふん、口にしておるではないか」

「およよ、何を仰いますやら。殿ほど、世間のおぼえめでたきお方もござりませぬ。件の仙石騒動を裁かれたお手並みは、誰しもが賞賛するとおりにござります。五万石でも脇坂さまは花のお江戸で知恵頭なぞと、落首にも詠まれる人気ぶり。されど、ぐすっ……華々しきご出世の裏に隠れた殿のご苦労はいかばかりか。それをおもうと、この老いぼれ豪右衛門、涙を流さずにはおられませぬ……う、うう」

「豪よ、わかった。もう泣くな」

「はは、失礼つかまつりました」

「して、何用か」

「あ、うっかり忘れるところでござった。殿、一大事にござりまするぞ」

「それは聞いた。近う」

「は」

　豪右衛門は倒れこむように平伏し、膝で上座へ躙りよる。

　安董は脇息にもたれ、墨で黒々と染めた太い眉を寄せた。

「何事じゃ」

「は。本日未明、芝口の播磨屋が暴徒に襲われましてござります」

「なに、播磨屋が……庄介は無事か」

「どうにか」

　播磨屋は龍野藩御用達の醤油問屋で、主人庄介の商才が藩財政に大きく寄与していることは万人の認めるところだ。

「庄介は自慢の大算盤を楯にして無頼の徒を阻もうとしたものの、首領格の侍に肩口から袈裟懸けに斬られ、かなりの深手を負いました。なれど、命に別状はないとのこと。あやつめ、自分は賤ヶ岳七本槍の末裔に仕える者、商人なれど侮るなかれ、いつなりとでも算盤を楯に換える覚悟はできていると、さように寝所で息巻いておるそうで」

「あっぱれじゃ。よう闘ったと、褒めてつかわそう」

「無頼の徒は、大塩党を名乗る手合いにござります。煽動する者のなかには、黒い天狗面をつけた輩もあったとか」

「ふん、またか」

大坂で元町奉行所与力の大塩平八郎が窮民救済を訴えて蜂起したのは、一年前のことだ。叛乱は半日で鎮圧されたものの、元役人が暴徒を率いて公然と幕府に反旗を翻す前代未聞の出来事は幕閣に動揺をもたらし、家斉に隠居を決意させるきっかけともなった。

六十五歳という年齢からすれば遅きに過ぎる隠居ではあったが、いずれにしろ、在位五十年の長きにおよんだ家斉に代わり、不惑を過ぎた家慶が新将軍となった。傅育すべき家慶の嗣子家祥は齢十五、生まれつき病弱ゆえ何かと気苦労は多いが、安董は大御所となった家斉の期待に何とか応えるべく、粉骨砕身、老骨に鞭打って忠勤に励む所存でいる。

　それはそれとして、何よりもまずは世情の不安を取りのぞかねばならぬ。

近頃、江戸市中では、大商人の蔵を狙(ねら)った打ち毀しが毎夜のようにつづいていた。

　幕府に反骨の気概をしめした大塩党にあやかり、その名を旗印に掲げ、食えない百姓や浪人たちをいたずらに煽(あお)りたて、粗末な武器や農具を与えて商家を急襲させ、物品の強奪を繰りかえす。

　別名を「黒天狗(くろてんぐ)」とも称する無頼の輩が龍野藩の御用商人を襲ったとなれば、放置しておくわけにはいかない。

「殿、庄介は一命をとりとめましたが、播磨屋の被害は甚大にございます。蔵の醤油樽(だる)がごっそり奪われたうえに、御用金として用立てるはずの三千両も盗まれました」

「三千両か……むぐ、むぐぐ」

　突如、安董は下腹を摑み、額に脂汗を掻きはじめた。

持病の癪(しゃく)が出たのだ。

「殿、癪でございますか」

「うむ……だ、大事ない」

特効薬の和中散(わちゅうさん)を水で呑みくだすや、痛みは嘘のように消えた。

「豪よ、つづけるがよい」

「は。手の者を使って探索させましたところ、暴徒を煽る黒天狗には旗本奴が関わっているようでござります」

「旗本奴じゃと」

役に就けない旗本の次男坊や三男坊が不平不満の捌け口を求め、奇抜な扮装で徒党を組み、市中で喧嘩狼藉を繰りかえす。旗本奴とは、三代将軍家光の治世下で流行った侍風俗のひとつにほかならない。寛永の遺物とも言うべき旗本奴が表通りや広小路に出没し、幅を利かせつつあるというのだ。

「部屋住みの阿呆どもが高下駄を履いたり、四尺の大太刀を佩いたり、傾奇者と見紛うばかりの扮装でもって、昼日中から市中を闊歩してござります」

そうした手合いが夜ともなれば、流民と化した暴徒を煽り、略奪暴行を繰りかえしているというのである。

「信じたくないはなしじゃ」

「確たる証拠はござりませぬ。いまだ噂の域を出ませぬが、旗本の子息どもが打ち毀しを煽動しているとなれば由々しき事態、お上の沽券にも関わってまいりましょう。かといって、厄介至極な穀潰しどもを闇雲に引っ捕らえることもできませぬ。強引な手段におよべば、旗本八万旗の反感を買うのは必定」

「老獪なおぬしのことじゃ。策は考えておろうな」

「旗本奴の核となる者を探りだし、密かに葬るのがよろしかろうと」

「闇討ちか。好かぬな」

「この際、背に腹はかえられませぬ」

「ふうむ。されど、やるにしても、龍野藩の者を使うわけにはまいらぬであろう」

「承知してござります。じつは、うってつけの者がひとり」

「おるのか」

「は」

「何やつじゃ」

「姓は毬谷、名は慎十郎」

一拍間を置き、安董は膝を打つ。

「もしや、毬谷慎兵衛が倅か」

「いかにも。文武稽古所たる敬楽館の元剣術指南役にして円明流の達人、毬谷慎兵衛が三男にござりまする。おぼえておいでてでしょうや。もう、十余年もむかしのはなしにござります。家斉公より、端午の節句に演武が観たいとの仰せがあり、急遽、国許から毬谷慎兵衛を呼びよせました」

「忘れるはずもなかろう。慎兵衛の剣は神憑っておった。お上のお手直し役たる柳生新陰流や小野派一刀流の猛者も、慎兵衛にしてみれば赤子の手を捻るようなものであったわ」

家斉は毬谷慎兵衛の強靭さに感じ入り、藤四郎吉光の名刀を下賜するとともに、将軍家の指南役に取り立てようとまで言ってくれたが、肝心の慎兵衛が固辞した。

「あの一徹者め。剣の道に邪心が混じってはならぬと抜かし、一世一代の好機を逃しおった」

「殿のご不興を買い、ご下賜の名刀だけを引っさげて国許に舞いもどりましたが、敬楽館を去ったのちも城下の外れに道場を構え、あいかわらず飄々と生きてござる。その慎兵衛に、慎八郎、慎九郎、慎十郎と三人の子がありましてな、いずれも藩に籍を持ち、長子慎八郎は御番組頭を務めております。江戸にては無名でも、龍野城下で毬谷三兄弟の剣名を知らぬ者はおりませぬ」

「ほう」

「慎八郎は生一本の忠義者、寡黙の剣を使います。次男の慎九郎はあらゆる剣技に精通し、父や兄をもしのぐ遣い手とか。されど、三兄弟のなかで図抜けた資質を備えておるのが、末子の慎十郎にござります」

「ふむふむ」

「六尺豊かな偉丈夫で、性分は奔放にして豪胆、六尺の木刀を振れば肩が外れ、大口をあけて嗤えば顎が外れる。よく言えば型破り、わるく申せば阿呆。荒々しい剣技はいまだ完成の域に達してはおりませぬが、ともあれ、世間の間尺では計れぬ若僧と聞きました。案の定、邪道の剣を会得せんとして父の勘気を買い、さきごろ、毬谷道場を破門されましてござります」

「邪道の剣とは」

「雖井蛙流にござります」

「雖井蛙流か」

あらゆる流派の必殺技を無にしてしまう。返し技のみを修得させるという流派だ。開祖は鳥取藩陪臣の深尾角馬、同流は甲冑武者の用いた介者剣術の系譜を引くものといわれている。

「深尾なるもの、みずからを井の中の蛙と自嘲しつつも、京大坂や江戸の剣客には負けぬという気概をしめさんと、珍妙な流派名を付けたのでござりましょう。なれどいったい、どのような剣を使うものか、拙者には皆目わかりませぬ。その慎十郎、素行も芳しからず、つい三月ほどまえも、酒に酔うて龍野城大手門前で素っ裸になり、歌って踊って莫迦騒ぎをやらかしました。自邸にて謹慎の沙汰が下ったにもかかわらず、家から抜けだし、呑み代を稼ぐために畿内一円を経巡って道場破りを敢行したとか」

「ほほう、道場破りか」

「はい。しかも、家に戻って早々、父の慎兵衛から勘当を申しわたされ、身ひとつで家を飛びだす際に、大御所様ご下賜の藤四郎吉光を盗んでいったとの由、みつけ次第、成敗してほしいとの嘆願が、慎兵衛より出されております」

「それで、嘆願書は受理したのか」

「いいえ」

勘当を正式に認めれば、藩籍も失うことになる。

「いっそ、勘当を認めてはいかがかと」

一介の浪人となった慎十郎を子飼いの刺客に仕立て、白洲で裁けぬ悪党どもに引導を渡す。

老獪な江戸家老は、そのようにもくろんでいるらしい。

「何処にて野垂れ死んでも、わが藩との関わりはござりませぬ」

「ふむ。されど、そのようなへそまがりが、首を縦に振るかの」

「振らせてみせましょう」

「ふはは、おもしろい」

安董は、蛮勇を好む。

毬谷慎十郎という若侍に、少なからず興味を抱いたようだった。

「慎十郎には慎十郎なりの志があるのやもしれぬ。それが何か、問うてみたい気もするが……で、今は何処に」

「ひと月ほどまえ、国許より江戸へ向かったとのこと」

役にも就けない若侍の足取りを、なぜ、多忙な江戸家老が把握しているのか。

当然のように抱く疑いであったが、安董は気に掛ける素振りもみせず、風音に耳をかたむけた。

豪右衛門は青畳に両手をつき、くっと顎を突きだす。

「一刻も早く毬谷慎十郎を探しだし、殿の命を授けたいと、かように考える所存にござります」

「よきにはからうがよい」

「はは」

平蜘蛛（ひらぐも）となって伏せる白髪の頭から、安董はすっと目を離す。

「それにしても、風が強いな」

豪右衛門は首を捻り、震える襖を睨みつけた。

「春風（しゅんぷう）の狂うは虎（とら）に似たりと申します」

「そうじゃな」

「されば、失礼つかまつる」

「ん」

頑固な腹心が去ると、安董は脇息にもたれ、うとうとしはじめた。

夢のなかへ、黒鹿毛にまたがった若武者が颯爽とあらわれる。

貂ではなく、虎の皮を纏っていた。

それは、若き安董のすがたではない。

見も知らぬ若侍の勇姿にほかならなかった。

三

神田（かんだ）お玉（たま）ヶ池（いけ）。

――のごおおお……っ。

吼え狂う疾風が土をほじくり、道行く人の髷を飛ばしている。

「春一番か」

恩田信長は、昂ぶる気持ちを抑えきれない。

槍持ちとして、関ヶ原にでも参じた気分だ。

仕える侍大将は、向かうところ敵無しの毬谷慎十郎である。

それにしても、とんでもない男と関わってしまったものだと、あらためておもう。

ここにいたるまで、名だたる道場を三つも破ってきた。

最初に訪ねたのは虎ノ門の江戸見坂、上州沼田藩土岐家の江戸藩邸内にある直心影流の長沼道場だった。師範代以下五名の門弟を竹刀にて打ちまかし、その足で京橋は蜊河岸の「士学館」へおもむいた。言わずと知れた鏡心明智流の本丸である。三代目桃井春蔵直雄と立ちあって勝ちを得、さらに、このお玉ヶ池周辺でも、今しがた、臑斬りの柳剛流直井道場にて師範代を完膚無きまでに叩きのめした。

その都度、看板を外すかわりに「袴の損料代」を密かに貰った。要は、道場の体面を保つための口止料だ。慎十郎は金に無頓着なので、後見人を自認する恩田がすべて預かった。

久方ぶりに、懐中は暖かい。

このまま逃げてもよかったが、毬谷慎十郎という稀にみる剛毅な若者の顛末がみてみたかった。

こやつ、今や、腹を空かせた野良犬でない。

虎だと、恩田はおもった。

春一番の南風とともに、虎が一頭あらわれたのだ。

「ふん、ここか」

慎十郎は双眸を炯々とさせ、破風屋根造りの豪壮な門を仰いだ。

看板には野太い文字で「玄武館」とある。

剣客ならずとも、その名は誰でも知っていた。

門人三千有余、大名家の家臣や旗本の子弟も大勢通う。

剣聖千葉周作を館長とする北辰一刀流の総本山にほかならない。

やめといたほうがいい。

恩田は、咽喉もとまで出掛かった台詞を呑みこんだ。

いくら説いたところで、耳を貸す慎十郎ではない。

「たのもう」

総髪を靡かせ、虎は吼えた。

──どんどん、どんどん。

石のような拳(こぶし)で、破れんばかりに門を敲(たた)く。

応対に出てきたのは、胴籠手(こて)を着けた若い門弟だ。

「な、何用ですか」

門弟は誰何(すいか)しながら、たじろいだ。

五体から炎(ほむら)を放つ大男が、根を生やしたように佇(たたず)んでいたからだ。

三白眼に獲物を睨みつける慎十郎の風貌(ふうぼう)は、たしかに、どこぞの寺の襖絵に描かれてあった虎に似ている。

「ご姓名を、お聞かせください」

門弟はやっとのことで、掠(かす)れ声をしぼりだした。

慎十郎ではなく、かたわらの恩田がどすの利いた声を発する。

「こちらは播州浪人、毬谷慎十郎どの。千葉周作先生にお立ちあい願いたい」

「それは無理です。千葉先生は所用のため、当分江戸へは戻ってこられません」

「されば、玄武館随一と自他ともに認める門人でも結構。貴館の代表として恥ずかしくない方をお出し願いたい」

ふてぶてしい恩田の態度にかちんときたのか、門弟は言下に拒んだ。

「立ちあう謂(い)われはありません。どうぞ、お引きとりを」

「ふん、臆(おく)したか」

「え」

「闘わずして、負けを認めるのかい」

「何を」

「こちらの御仁はな、わざわざ播州龍野からひと月近くも掛かって江戸へたどりついた。その足で、名だたる道場をたてつづけに破ってきたのだぞ」

「まことですか」

「ああ、そうだ。江戸見坂の長沼道場、蜊河岸の士学館、そして、すぐそこの直井道場、いずれも赤子の手を捻るがごとくであったわ」

「ま、まさか」

門弟が耳を疑うのも無理はない。

「嘘だとおもうなら、あとで調べてみるがよい。もっとも、負けを認めるかどうかはわからぬがな。ぐはは」

ばか笑いする恩田から離れ、慎十郎は勝手に門の敷居をまたごうとする。

「お待ちを、しばしお待ちを」

騒ぎを察し、表口のほうから年長の門弟が声を掛けてきた。

「おい、どうした」

「は、こちらの御仁が申しあいを望んでおられます」

「ほう、他流試合をご所望か」

すらりと背の高い門弟は左手に三尺八寸（約一・二メートル）の竹刀を引っさげ、
裸足のまま滑るように近づいてくる。

「拙者、当館師範代の森要蔵と申します」

「森要蔵か。ふむ、その名なら聞いたことがあるぞ」

後ろから、恩田がまた顔を出す。

「あ、おもいだした」

玄武館四天王の筆頭として名を馳せる遣い手だ。

恩田はそれと気づき、慎十郎の袖を引いた。

「おい、出直そう。相手が悪すぎる」

慎十郎は取りあわず、ぐいっと胸を張った。

「森要蔵どの。師範代にしてはお若いな」

「二十九です。そう若くはござらぬ。そちらは」

「失礼だが、九つも年下にはみえぬ」

「年上を敬えとでも」

「いいえ。何年も修行を積んでこられたような風貌ゆえ、ちと意外でね。して、ご流派は」

「雖井蛙流。ご存じか」

「返し技のみを使う流派でしたよね」

「所詮は田舎剣法にすぎぬ、とでも言いたげですな」

「とんでもない。はじめての流派ゆえ、興味はござる」

「ならば、立ちあいますか」

「承知した。この森要蔵がお相手つかまつる」

相手に不足はない。

慎十郎はふたりの門弟に前後を挟まれ、虎口へ導かれていった。

四

館内は、水を打ったような静けさに包まれている。

さっそく使いが出され、恩田の言は裏付けられた。

ことに「士学館」の桃井春蔵を破ったはなしは、五十人余りの門弟たちに驚きをもって迎えられ、忽然とあらわれた田舎剣士にたいして興味と敵意の相半ばする眼差しが注がれることとなった。

行司役の高弟が一歩踏みだし、疳高い声を発した。

「申しあいは防具を着けず、竹刀にておこなう。さきに二本取ったほうを勝ちとみなすが、一本目に負傷したときはそのかぎりでない。双方、よろしいか」

「異存はない」

ふたりは立礼から相青眼に構え、摺足で間合いを詰めた。

「せい、せい」

森要蔵はみずからを鼓舞するように気合いを発し、撃尺の間合いに踏みこむや、竹刀の切っ先を小刻みに揺らす。

北辰一刀流独特の「鶺鴒の尾」と呼ばれる太刀さばきだ。

ばち、ばちばちと、切っ先を小当たりに当て、森は隙をとらえて突きを狙う。

「つお……っ」

切っ先が伸び、慎十郎の咽喉もとに埋めこまれた。

と、おもいきや、そうではない。

慎十郎は突きを真横から払い、払った勢いのまま、片手上段に構えて真向幹竹割り(まっこうからたけわり)に振りおろす。

——ぶん。

刃風が唸(うな)った。

「のわっ」

森は頭を抱え、その場に蹲る(うずくま)。

避けられぬと、判断したのだ。

刹那(せつな)、慎十郎の竹刀が撓(しな)り、床板に叩きつけられた。

——ばきっ。

根元からまっぷたつに折れ、破片が粉微塵(こなみじん)に四散する。

慎十郎はとみれば、竹刀を振った右腕をぶらんとさせていた。

「おい、どうした」

恩田が不安げに叫ぶ。

「ご安心を。たいしたことではない」

勢いをつけすぎて、肩が外れたのだ。

「はうっ」

森は丸腰の慎十郎にたいし、抜き胴の一撃を浴びせた。

「い、一本」

行司も、自信なさそうに発する。

「待て待て、今のは勝負無しではないか」

恩田が慌てて抗議をしても、判定は覆らない。

慎十郎は左手で右腕を掴み、ごりっと肩に塡(は)めこんだ。

そして、微笑む余裕をみせる。

「不覚を取りました。では、二本目にまいりましょう」

森はといえば、あまりの衝撃に四肢を強張(こわば)らせていた。

竹刀の叩きつけられた床板は削られ、白い煙が立ちのぼっている。

肩が外れていなければ、十中八九、脳天に強烈な一撃を食らったはずだ。

「どなたか、竹刀をください」

新しい竹刀を手渡され、慎十郎は左手でびゅんびゅん素振りをしはじめた。

森のみならず、門弟たちも息を呑む。

太刀行があまりに捷く、目で追うこともできないからだ。

立礼ののち、慎十郎は左手一本で青眼に構え、すっと間合いを詰めた。

「利き手は使えぬのか」

森に質され、慎十郎は不敵に笑う。

「いいえ、使えぬとみせかけるのも策のうち」

「小癪な」

森は踏みだした足の踵をあげ、大上段に竹刀を振りあげる。

防禦から攻撃に転じやすい鶴足に構え、後手必勝を狙った。

「くりゃ……っ」

慎十郎は気合いを発し、先手を取って攻めこむ。

青眼からの片手突き、誘いの一手にちがいない。

「何の」

森は竹刀を内から外へ払い、弾くと同時に足下を狙った。

おそらく、慎十郎は臑打ちを避けるべく、足を宙に浮かせる。

わずかな隙が生じたところへ、乾坤一擲の胴打ちを繰りだすのだ。

森の狙う会心の一手は、甲源一刀流や柳剛流にもみられる「浮足くずし」という必殺技であった。

「もらった」

森の峻烈（しゅんれつ）な一撃が、慎十郎の胴を襲う。

やられる。

恩田はおもわず、目を瞑（つぶ）った。

無謀だった。

やはり、玄武館の俊英に勝てるわけがない。

あきらめた瞬間、雷鳴のような気合いが館内に轟（とどろ）いた。

「くりゃ……っ」

恩田は、ぱっと目を開ける。

気合いを発した主は、そこにいない。

「上だ」

誰かが叫んだ。

見上げれば、巨体が天井を背にしている。

跳んだのだ。しかも、並みの跳躍ではない。

慎十郎は宙で、竹刀を大上段に振りかぶった。

「くわああ」

前歯を剝いて落下しながら、竹刀を鉈落としに振りおろす。

「はっ」

森は奥歯を食いしばり、咄嗟に十字受けの姿勢を取った。

が、とうてい、阻むことはできない。

慎十郎の一撃は竹刀をまっぷたつに叩きわり、脳天をとらえた。

「んごっ」

森要蔵は白目を剝き、藁人形のように倒れていく。

しんとした静けさが流れ、すぐさま、蜂の巣を突っついたような騒ぎとなった。

「こちらへ、こちらへ」

年嵩の高弟に袖を引かれ、慎十郎は道場の外へ連れだされる。

「この件は何卒、何卒ご内密に」

高弟に泣きそうな顔で懇願され、紙に包んだ小判を袖に捻じこまれた。

「困ります。金が目当てではない」

返そうとした途端、後ろから恩田の手が伸びた。

猿の手のように長く伸び、紙包みを取りあげる。

「金は天下のまわりもの、くれるというものは貰っておこう」

「おい、みっともないまねはよせ」

食ってかかる慎十郎を、恩田は子どもでもあやすように諭す。

「あのな、こんなことで意地を張っても腹が減るだけだぞ」

「されど」

「黙れ。おぬしは仙人か。霞を食って生きていけるのか」

慎十郎は黙った。わけのわからぬまま、言いくるめられている。

「さ、まいろう。長居は無用だ」

ふたりは門弟たちの罵声から逃れ、騒然とする道場に背を向けた。

五

夜、芝口、龍野藩下屋敷内。

浜御殿のほうから、潮風が吹いてきた。

海水を引きこんで築いた瓢箪池では、鯔が跳ねている。

赤松豪右衛門は別邸の濡れ縁に立ち、中庭を蒼々と照らす半月を眺めていた。

閑かさを際立たせるように、琴の音色が響いている。

「静乃」

目に入れても痛くない孫娘の名をこぼし、豪右衛門は儚げな音色に耳をかたむけた。

静乃は「龍野に咲いた芍薬の花」と噂されるほど美しい姫だ。

できることなら、死ぬまでそばに置いておきたいが、やはり、人の妻になり、母になる喜びを味わってほしかった。そうした願いも虚しく、良い相手はなかなかみつからない。

「高貴すぎて縁遠いのか。それとも……」

ほっと、豪右衛門は重い溜息を漏らす。

縁談がすすまない最大の理由は、静乃が頑なに気持ちを閉じていることだ。

どうして、あんな男に心を奪われてしまったのか。

静乃が十三のとき、ひと春をともに龍野で過ごしたことがあった。

侍女を伴い、花摘みに出掛けた裏山で山賊どもに追われ、捕まりかけたところを救われた。救ったのはたまさか通りかかった十六の若者であったが、若者は途轍もない膂力にものを言わせて、立木の太い枝を折るや、刀代わりに振りまわし、十余人からの山賊どもをひとり残らず叩きのめした。

名乗らずに去った若者の所在を突きとめ、豪右衛門は褒美を取らせようと屋敷へ呼びつけた。

若者は命じたとおりにすがたをみせたものの、ふてぶてしくも「褒美なぞいらぬ」と抜かす。それでは体面が立たぬゆえ、何でも好きなものを所望せよと、鷹揚(おうよう)に告げたのがまちがいだった。

若者は臆面(おくめん)もなく、こう言ってのけたのだ。

「姫をくれ」

豪右衛門は我を忘れ、刀に手を掛けて一喝した。

「無礼者、身のほどをわきまえよ」

家来に押しとどめられ、ようやく自分を取りもどしたが、若者は呵々(かか)と大笑しながら去っていった。

「毬谷慎十郎め」

豪右衛門は苦々しげに、若者の名をつぶやく。

あのとき以来、顔を合わせる機会もなかった。

ただ、豪胆な面構えだけは、一時も忘れられない。

事の一部始終を物陰から眺めていた静乃は、粗暴で傍若無人な若侍にすっかり心を奪われてしまった。

「嗚呼、静乃よ」

双親を幼いころに病で亡くし、憐れにおもって何でも言うことを聞いてきた。好きなものは何でも与え、行きたいところがあれば連れていった。

静乃の願いなら、どのようなことでも叶えてやりたい。

豪右衛門はいつであろうと、心の底からそうおもっている。

しかし、慎十郎のことだけは、認めるわけにいかなかった。

「わかってくれ」

懇願したときから、静乃は鬱ぎこむことが多くなった。

あれから、もう四年が経つ。

一刻も早く、毬谷慎十郎の呪縛から逃れてほしい。

そう願いつつ、良縁を探してはみたものの、なかなかこれといった相手はみつからない。

いや、相手が誰であろうと、静乃は悲しむにきまっている。

それがわかっているだけに、縁談をすすめられなかったのだ。

ならばいっそ、慎十郎と結びつけようと画策したこともあった。

父の慎兵衛に掛けあい、息子をそれなりの役に就け、重臣の養子にさせ、赤松家と見合う身分にさせたうえで、ふたりを夫婦にさせる。

悩みぬいたあげく、相談を持ちかけたが、慎兵衛は一笑に付した。

「あの莫迦息子が、おとなしく飼い猫になるとはおもえぬ。あきらめなされ」

にべもなく突っぱねられ、口惜しいおもいを抱かされた。

あるいは、いっしょにさせることが叶わぬのならば、いっそ、亡き者にしてしまおうと、よこしまな考えを抱いたこともあった。

だが、それだけは豪右衛門の正義が許さない。

孫娘を救った恩人を殺めるくらいなら、皺腹を切ってでも「静乃を嫁にしてくれ」と懇願する。

おそらく、腹を切ったところで、うんとは言うまい。

慎十郎には、あらゆる束縛を嫌う癖があった。

風来坊でいたいのだ。

そのあたりを、豪右衛門は鋭く見抜いている。

赤松家の婿養子となって規則正しい城勤めをすることなど、最初からできない男なのだ。

静乃は、世間の間尺では計れない男に魅せられてしまった。

そのことが、豪右衛門は口惜しく、また、不憫でならない。

ゆえに、毬谷慎兵衛から勘当の申し出があったときは、おもわず、これぞ天の助けと膝を打った。

慎十郎の勘当を認め、無宿浪人として野に放ち、いずれかの時点であらためて刺客に雇う。正義のために働けと諭し、働きに応じて報酬を与える。そうすれば、まんがいち命を落とすようなことがあっても、大義に殉じたのだと、豪右衛門はみずからを納得させられる。武士らしく死んでいったと、静乃にもきちんと告げられる。

窮余の策とも言えようが、別の妙案は浮かばなかった。

浮かんでいれば、これほど悩むこともない。

ふと、我に返ると、琴の音色は消えている。

裏木戸がふわりと開き、みすぼらしい風体の托鉢僧があらわれた。

「ん、源信か」

「は」

坊主は網代笠も取らず、踏み石の横に控える。

突きだされた四角い顎のさきに、蝙蝠のかたちをした痣がみえた。

「毬谷慎十郎が、江戸にまいりました」

「ほ、さようか」

「まいって早々、名だたる道場をつぎつぎに破り、玄武館きっての遣い手と目される森要蔵をも打ちまかしてござります」

「何と」

「あと三日もすれば、毬谷慎十郎の名は江戸じゅうに知れわたりましょう」

「それが目的か」

「はて、名を売ることにさほど頓着もない様子」

「されば、狙いは何じゃ」

「わかりませぬ。ほかにやることがないからにござりましょう」

「あいかわらず、不真面目なやつじゃ」

「されど、強さに磨きが掛かっているやにおもわれます」

ふと、豪右衛門は疑心にとらわれた。

あやつ、静乃に逢(あ)いたくて、江戸へやってきたのではあるまいか。

まさかな。

首を左右に振り、源信の網代笠を見下ろす。

「ともあれ、名が売れるのは、ちと困りものじゃな」

下々の噂は屋敷内まで聞こえてこないものの、静乃の耳にはいらないという保証はない。

「何ぞ、やめさせる手だてはないのか」

「申しあいで負けぬかぎり、道場破りはつづきましょう」

「負ければよいと」

「は」

「その見込みは」

「ござります。たとえば、下谷練塀小路の中西道場には、一刀流三羽鴉のひとり高柳又四郎がおります。あるいは、九段下俎板橋の練兵館には、神道無念流の斎藤弥九郎が控えておりますし、本所亀沢町の男谷道場にて、直心影流の総帥たる男谷精一郎信友と立ちあう機会を得たならば、いかなあの者とて歯が立ちますまい」

豪右衛門は、ふうっと溜息を吐く。

「しばらくは、様子眺めといくか」

「それがよろしいかと」

顎を引く源信は、無口で信頼のおける隠密だ。

出石藩仙石家のお家騒動でも、大いに活躍してくれた。

そのときの功績を評価し、さまざまな密命を与えている。

ただし、今ひとつ素性の知れないところがあった。

所詮、報酬の多寡で動く伊賀者(いがもの)にほかならない。

伊賀者ならば死に方も心得ていようと、豪右衛門は都合良く考えていた。

「播磨屋のほうはどうじゃ。調べはすすんでおるのか」

「首領格とおぼしき旗本奴の正体を追っておりますが、今のところ、めぼしいはなしはございません」

「何としてでも、三千両を奪いかえさねばならぬ。頼んだぞ」

「御意にございます」

風が吹き、石灯籠(どうろう)の炎が揺れた。

もはや、源信の影はどこにもない。

背後に何者かの気配を察し、豪右衛門は振りむいた。

微(かす)かな芳香に誘われてみると、柱の陰に黄水仙(きずいせん)の花が落ちている。

「静乃か」

密談を聞いたのではあるまいか。

いつのまにか、月は群雲に隠れている。

——ごろ。

虫起こしの雷が、闇の彼方に鳴っていた。

六

こいつは、本物の虎だ。

恩田信長は、武者震いを禁じ得ない。

眼前で闘っているのは、日本橋の往来に転がった死に損ないとはまったくの別人だった。

慎十郎は素面素小手（すめんすごて）で、三尺八寸の竹刀を青眼に構えている。

全身に覇気を漲（みなぎ）らせ、対峙する相手を完全に呑みこんでいた。

「ふりゃ、りゃ」

虚しい気合いを発するのは中西派一刀流の雄、高柳又四郎にほかならない。

一刀流三羽鴉のひとりとして名を馳せ、向かうところ敵無しと言われた天才剣士だ。

一時当道場で修行を積んだ千葉周作の兄弟子にもあたり、筋骨隆々としたからだつきをしていた。

得意とするのは「音無しの剣」である。

気合いも発せず、竹刀に触れさせもせず、手妻のように勝ちきる。

気息すら吐かないほどの男が、みずからを鼓舞すべく吼えていた。

「すりゃ、たあ」

高柳の声はしかし、恩田には断末魔の叫びにしか聞こえない。

すでに、慎十郎が一本取っていた。

厳しい牖打ちである。

柳剛流の牖斬りと北辰一刀流の「浮き足くずし」に工夫をくわえ、必殺の剣に仕上げたものだ。

門弟たちは不意打ちを食ったのだと、無理に自分を納得させるしかなかった。

なにしろ、高柳又四郎が負けるという信じられない光景を目の当たりにしたのだ。

毬谷慎十郎とは恐ろしい男だと、恩田はおもわずにいられない。

玄武館で森要蔵を負かしたのは、一昨日のはなしだ。昨日は下谷車坂（くるまざか）の直心影流井上道場と牛込筑土八幡（うしごめつくどはちまん）の無敵（むてき）流池田道場を破り、今日は御徒町（おかちまち）にある心形刀（しんぎょうとう）流の伊庭（いば）道場を破ってきた。

伊庭道場は門人千人、敷地三百坪を誇る心形刀流の総本山である。門弟たちは毛臑をさらした短袴に高下駄を履き、荒々しい気風を内外に誇っていた。そうした連中の鼻っ柱を折るかのように、慎十郎は峻烈な上段の一撃を見舞った。

相手は八代目伊庭軍兵衛秀業、真打ちみずからの登場であった。

おそらく、森要蔵を負かした噂は届いていたのだろう。それならと、勇んでみずから竹刀を握り、水月刀、三心刀、無拍子などと名付けられたあらゆる奥義を繰りだした。技の多彩さでは、心形刀流の右に出る流派はない。しかし、すべての技を慎十郎に見切られたすえ、森要蔵と同様に竹刀をまっぷたつに叩きおられた。

恩田は大泣きする門弟たちに同情すらおぼえたが、もちろん、貰うものは貰って伊庭道場をあとにした。

そして、いよいよ、練塀小路の中西道場へ踏みこんだ。

広大な板の間では、宗家四代目中西忠兵衛子正の見守るなか、四代目の後見人でもある高柳又四郎が静かに待ちかまえていた。

長身痩軀の高柳は、所作に一分の隙もない剣客だ。

対峙する相手に間合いを摑ませず、気づいてみればすぐそばに立っている。

そして、力みのない上段の構えから、瞬時に相手を斬りおとす。

声もなく、竹刀の触れる音もない。

ゆえに「音無し」と評される高柳又四郎が、負傷した片足を引きずり、腹の底から気合いを発しつつ、なりふりかまわず闘おうとしている。

そのすがたは、悲愴ですらあった。

だが、注意深く眺めてみると、高柳はいつになく目を輝かせている。

何年かぶりで強者と竹刀を合わせ、入門したてのころの昂ぶる気持ちを取りもどしたかのようだった。

ただ強くなりたいという一念で、一心不乱に木刀を振った。

過ぎし日の初々しい自分に立ちもどり、爽快な汗を掻いているのだ。

無論、負けるつもりは毛頭ない。

一刀流の沽券に賭けても、負けるわけにはいかぬ。

気負った高柳のすがたは、中西にも門弟たちにも焦りと映った。

それを証拠に、いつもはじっくり構えて後の先を狙う男が、魅入られたように誘いこまれ、先手を取って打ちこむたびに弾かれ、反撃を受け、どうにか間合いから逃れるといった動きを繰りかえす。

「いえい……っ」

高柳はまたもや先手を取り、中段から諸手で鋭く突きこんだ。

かとおもいきや、竹刀の切っ先を振りあげる。

強烈な一撃が、顎を砕いたかにみえた。

が、慎十郎は、これを斜め上方から叩きおとす。

と同時に、隆々と瘤の盛りあがった肩を、高柳の顔面にぶちあてた。

「ぬがっ」

鮮血が散る。

高柳は鼻の骨を折りながらも、両脚をひろげて踏んばった。

もはや、こうなると、板の間でやる竹刀の申しあいではない。

拳、肩、肘、膝、爪先、そして頭まで、すべてが武器と化す。

甲冑を着けた武者が生死を賭けて闘う、介者剣術にほかならなかった。

たまさか、竹刀を手にしているというだけのことで、ふたりは真剣を握っているかのように対峙している。

生死を賭けた闘いに、礼儀も糞もない。

「むふふ」

高柳は血だらけの顔に、不敵な笑みを浮かべた。

「小僧、やりおるではないか」

沈着冷静が持ち味の男が、鬼のような形相で吐きすてる。

門弟たちは、高柳のほんとうの恐ろしさを垣間見たように感じた。

が、慎十郎は少しも表情を変えることなく、気魄を漲らせている。

高柳が熱くなればなるほど、慎十郎も同じように熱くなっていく。

道場はふたりの熱気で蒸し風呂と化し、恩田も門弟たちも大粒の汗を掻きはじめた。

やがて、双方は相青眼に構えて睨みあい、石地蔵のように固まったまま、微動だにもしなくなった。

道場にはぴんと張りつめた空気が流れ、咳払いひとつ聞こえてこない。

時が止まったような状態は、半刻（約一時間）余りもつづいたであろうか。

根負けしたのは、慎十郎のほうだった。

くうっと、腹の虫が鳴った。

「得たり」

高柳は、にやりと笑った。

「小僧、掛かってこい」

誘いかけられ、慎十郎は乗らざるを得ない。

竹刀を右八相に振りあげ、床板を蹴(け)りあげた。

疾風のように駆けながら、大上段に身構える。

「くりゃ……っ」

悠然と待つ高柳の頭蓋(ずがい)を狙い、乾坤一擲、竹刀を振りおろした。

斬りおとしか。

一刀流の奥義にして、高柳のもっとも得意とする技だ。

これが真剣ならば、相打ち覚悟で上段斬りを合わせにいく。

神憑った技で鎬(しのぎ)を弾き、相手の脳天を斬りさくのである。

鎬の無い竹刀でも達人にとっては同じこと、相手の動きに乗って弾き、人中路に沿ってまっすぐ振りおとせばいい。

もはや、慎十郎は相手の術中にあった。

「ふん」

高柳は微塵の迷いもみせず、上段の斬りおとしを合わせる。

捷い。

太刀筋を重ねた瞬間、勝利を確信したことだろう。

床几から身を乗りだす中西も、恩田も、門弟たちもひとりのこらず、高柳の勝ちと読んだ。

――ばきっ。

凄まじい音とともに、ふたつの竹刀が躍った。

勝ったのは、なるほど、高柳にほかならない。

手練の技で慎十郎の竹刀を弾き、撓らせた物打で脳天を叩いた。

ところが、ほぼ同時に、左肩へ痛打を浴び、そのまま気を失った。

慎十郎の峻烈な一撃は、弾かれても勢いを失わず、高柳を昏倒させたのだ。

たしかに、一瞬早く脳天を叩かれたが、それは浅い一打にすぎなかった。

もちろん、これが真剣ならば、浅手では済まなかったにちがいない。

左腕を失っても、生きのこったのは、高柳のほうであったろう。

「くうっ。やられた。うかうかと誘いに乗ったのがまちがいであったわ」

慎十郎は口惜しげに吐きすて、天井を睨みつけた。

「されど、負けは負けだ。亀の甲より年の功、相手が一枚上手だったということさ」

みずからを納得させ、潔く負けを認めるや、中西に向かって頭を垂れる。

「わたしの負けです。評判どおり、高柳又四郎どのはお強かった。そう、お伝えください」

謙虚さもここまでくると、小面憎くなってくる。
伝えたところで、高柳が納得するはずはなかった。
「恐るべし、毬谷慎十郎」
中西忠兵衛は、蒼褪めた顔でつぶやいた。
宗家の背後には軸が掛けられ、墨文字で大きく「一刀」とある。
道場に迷いこんだ一陣の風に吹かれ、そのふた文字が虚しく揺れていた。

七

翌日、下谷御成街道。
道端に、ひと叢の黄水仙が咲いている。
慎十郎は足を止め、黄金に色付いた可憐な花をみつめた。
悲しげな表情をしてみせる理由は、本人にしかわからない。
それは甘酸っぱくも物悲しい、四年前の出来事に起因する。
「おい、慎十郎」
恩田が気易く呼びかけてきた。

「これをみろ」

興奮覚めやらぬ顔で、瓦版を開いてみせる。

仁王のような侍が、大太刀を掲げて闘っていた。

「おぬしだ。ほれ、毬谷慎十郎見参とあろう」

大きな文字のあとに、破られた道場の名が二十余りも列記されている。

「驚いたか。昨日一昨日のはなしが、もうひろまっておる。しかも、でかい尾鰭がついてな。これが江戸よ。嘘と真実を混ぜこみ、はなしがおもしろけりゃそれでいい。おぬしは一躍、檜舞台に躍りでた。今や、千両役者というわけだ。ぬふふ」

恩田は、狡猾な商人のように笑った。

慎十郎の後見人となり、稼げるだけ稼ごうと企んでいるのだ。

「おぬしには白米半升の貸しがある。山よりも重い恩義というやつさ。わかっておろうな」

「はあ」

気もそぞろに応じたところへ、娘の悲鳴が聞こえてきた。

「きゃあああ」

振りむいた途端、どんと誰かがぶつかってくる。

慎十郎は、よろめいた。

上から睨みつけてくるのは、派手な芝翫縞の着物をぞろりと纏った侍だ。

「無礼者め」

わざと肩をぶつけておきながら、太い眉を寄せて怒鳴りあげる。

「わしを誰だとおもうておる」

慎十郎をもしのぐ巨漢で、足に高下駄を履いていた。

同じく高下駄を履いた手下どもを、後ろにしたがえている。

人相の悪い手下のひとりが、水茶屋の娘を片腕に抱えていた。

「おやめください。お許しを、お許しを」

足をばたつかせる娘が、平手で頰を張られる。

巨漢は慎十郎にたいし、傲然と言いはなった。

「ごたいそうな刀を差しておるではないか。どうじゃ、わしの刀と交換せぬか」

でっぷり肥えた腹の下に、長い刀が柄下がりの閂差しに差してある。

が、どうやら、交換したい刀ではないらしい。

後ろの手下が、二尺そこそこの鈍刀を差しだす。

「岩城さま、どうぞ」

「おう、寄こせ」

岩城と呼ばれた巨漢は鈍刀を抜きはなつや、左右の手で柄と物打を握り、膝のうえでぐにゃりと折りまげた。

「ぐふふ、どうじゃ。よい刀であろう」

曲がった刀を眺め、慎十郎はふっと笑う。

「何が可笑しい。わしを愚弄するのか」

「いいや。それで脅した気になっておるのが、可笑しくてな。それにしても、おなごに手を出すとは、男のクズだな」

「あんだと。わしは直参ぞ。旗本じゃ。旗本の子息を虚仮にしたらどうなるか、わかっておるのか」

「さあ、知らぬ」

首を捻る慎十郎に向かって、巨漢は曲がった刀を突きだす。

「教えてやろう。天下の往来で斬られても、文句は言えぬということさ」

「なるほど」

慎十郎は頷き、小娘のほうに目をやった。

「ふふ、気になるのか。あの娘、恐ろしゅうて今に小便を漏らすぞ。あれはな、水茶屋の看板娘よ。見料も込みで、団子一本につき五十文も取りやがる。怪しからぬはなしではないか。さあ、どうする。娘を助けたくば、腰の刀を置いていけ」

「断る」

「何じゃと。おぬしのせいで、娘の顔に傷が付いてもよいのか」

後ろの手下は阿吽の呼吸で刀を抜き、娘の頰に刃を近づける。

「やめておけ」

慎十郎は、ずんと腹に響くような声を発した。

「はったりじゃねえぞ」

と、手下は声をひっくり返す。

「岩城権太夫さまに逆らえばどうなるか、みせてやる」

刀を握る手に、ぐっと力がはいった。

慎十郎は身を沈め、素早く右袖を振る。

ひと筋の閃光が煌めき、手下の右目に刺さった。

「ぬげっ」

小柄である。

手下は血を流し、痛がって地べたに転がった。

娘は気を失い、その場に頽れる。

「こやつめ」

岩城は、大刀の柄に手を掛けた。

すかさず、慎十郎は身を寄せる。

抜こうとする右手首を摑み、内側に捻った。

「ぬえっ」

さらに、撲りかかってきた左手首も摑み、巨体を軽々と背中に担ぎあげる。

「うわっ、放せ」

慎十郎は岩城の巨体を背負ったまま、その場で独楽のように回転しはじめた。

「ひゃあああ」

濛々と土埃が舞いあがり、恩田も手下たちも激しく咳きこむ。

十回余りも回転したあげく、慎十郎は岩城を軽々と抛りなげた。

三十貫目（約百十三キログラム）を超える巨漢が空高く飛び、水茶屋の軒へ落ちていく。

簡易なつくりの小屋は轟音とともに、ひとたまりもなく倒壊した。

しばらく経って、小屋から出てきた岩城は目の焦点が合っていない。

まともに歩くこともできず、手下どもに両脇を支えられ、逃げるように去っていく。

手下のひとりが振りむき、悔しまぎれに捨て台詞を吐いた。

「おぼえてろ。この借りはかならず返すからな」

慎十郎は取りあわず、耳の穴をほじくった。

難を逃れた娘は目を醒まし、きょとんとしている。

水茶屋の親爺が駆けより、泣きながら娘の肩を抱きよせた。

「ありがとうごぜえやす、ありがとうごぜえやす」

小屋を壊されたことなどそっちのけで、懸命にお辞儀を繰りかえす。

いつのまにか、慎十郎のまわりには人垣ができていた。

「いよっ、色男。日本一」

嬶ぁの掛け声を合図に、どっと喝采が沸きおこる。

惚けたように佇む慎十郎のかたわらで、恩田は声を嗄らした。

「毬谷じゃ、毬谷慎十郎じゃ。名をおぼえてくれ。のう、みなの衆」

いくら叫んでも、やんやの喝采に掻きけされてしまう。

必死に口をぱくつかせる恩田の顔は、餌を欲しがる鯉のようだった。

八

胸の空くような出来事が少ないせいか、喝采はいつまでもつづいた。

「ふん、やりおるわい」

托鉢僧に化けた源信は人垣から離れ、慎十郎に抛られた岩城権太夫たちを追うことにした。

長年の勘が「怪しい」と囁いたのだ。

岩城は手下どもをしたがえ、日暮れまで市中をうろつきながら、小さな悪事を重ねていったが、日没となってから駿河台へ向かい、表神保小路にある立派な旗本屋敷のなかへ消えていった。

切絵図で調べてみると、屋敷の主は「笹部修理」とある。

今は無役だが、二年前までは幕府の勘定奉行を務めていた三千石の大身旗本だった。

岩城たちは各々の自邸へ帰らず、なぜか、あたりまえのような顔で笹部邸へはいっていった。

「益々、怪しいな」

源信は疑念を深め、しばらく物陰から様子を窺った。
するとすっかり辺りも暗くなったころ、岩城たちが木戸を潜って外にすがたをみせた。
何やら、さきほどまでとは様子がちがう。
物々しい喧嘩装束を身に着け、手槍を抱えた者まで見受けられた。
岩城などは黒い鎧を纏い、鉄の面頬までつけている。
「関ヶ原にでも征く気か」
首をかしげる源信の目は、しんがりの男に注がれた。
齢は二十四か五、痩せて背が高く、手足は蜘蛛なみに長い。
顔は死人のように蒼白く、切れ長の目が赤く光ってみえた。
赤い目の男に向かって、岩城たちが深々と頭を垂れている。
あいつが、お山の大将か。
笹部家の子息であることはまず、まちがいなかろう。
「いざ、参ろうぞ」
赤目の男は疳高い声を発した。
岩城たちは忠誠を尽くす証しなのか、腰に差した刀の鯉口を切り、一斉に白刃を鳴らす。

さらに、懐中から妙なものを取りだした。

面だ。

真っ黒に塗られた天狗の面である。

「あ、黒天狗」

天狗どもはたがいに頷きあい、深閑とした小路の暗闇に溶けていった。

源信は半刻ほど後を追いかけ、蔵前の元旅籠町にある正覚寺の裏手へたどりついた。

裏手には雑木林に囲まれた広大な馬場があり、やはり、黒天狗の面をつけた仲間が何人か待ちかまえていた。

「笹部さま、お申しつけどおり、食いつめ者どもを集めておきました」

「何人おる」

「五十は超えておろうかと」

「たわけ」

どすっと、腹に蹴りがはいった。

蹲った黒天狗は、苦しそうに呻いている。

「百は集めておけと命じたであろうが」

「……も、申し訳ございませぬ」

「ふん、まあよい」

笹部は、別の黒天狗に喋りかける。

「金は渡したのか」

「はい。ひとりにつき一両を渡したところ、みな、死に物狂いでやり遂げると約束してくれました」

「どうせ、口先だけじゃ」

笹部は振りかえり、岩城に向かって命じた。

「よいか。怖じ気づいて逃げる者があれば、遠慮無く斬りすてよ」

「え、よろしいので」

「かまわぬ。俵屋は用心棒を飼っておろう。そやつらのせいにすればよい。どうせ、生きておっても仕方ない芥どもさ」

「承知いたしました」

巨体を縮める岩城だけは、面をかぶっていても判別できる。

腹を蹴られた男が、笹部たちを導いていった。

「されば、こちらへ。芥どもが待っております」

九

翌朝、瓦版には「大塩党」や「黒天狗」の文字が躍った。

打ち毀しに見舞われたのは蔵前の『俵屋』という米問屋で、問屋仲間の肝煎りをつとめる大店だ。主人夫婦は難を逃れたものの、混乱のなかで奉公人ふたりと用心棒三人が命を落とした。襲ったほうにも数名の死人が出ており、いずれも素性の知れぬ百姓のようであった。

蔵からは大量の米俵と千両箱数個が盗まれ、店の再興はおぼつかなくなった。

悲惨なはなしではあったが、こうした金満家の転落は、貧乏人たちにとってみれば痛快な出来事でしかない。『俵屋』に同情する者は、ごく少数にかぎられた。

なお、三人の用心棒はいずれも一刀で袈裟懸けに斬られており、襲った側に剣の達人がいるものと察せられた。暴徒を焚きつけた連中の正体に薄々勘づいているのか、町奉行所の役人は通り一遍の調べに終始し、本腰を入れようとしなかった。

市中には殺伐とした空気が流れている。

しかし、慎十郎にとっては、どうでもよいことのようだった。

何かに憑かれたように、道場の門を敲きつづけている。

目的はただひとつ、強い相手に出遭い、この身を完膚無きまでに叩きのめしてほしかった。

いつも念頭にあるのは、巌のごとき父の雄姿だ。

分厚い強固な壁として、超然と聳えていたはずであった。

ところが、父は数年前から肺腑を病み、見る影もなく老いさらばえてしまった。

世間には公表せず、なかば隠遁生活を送っている。そうしたみじめな父をみたくないがために、大酒を食らっては莫迦なまねをしてきた。そのあげく、ついに父の勘気を蒙り、勘当を申しわたされたが、おかげで龍野から飛びだす機会を得た。

悔いはない。それでよかったとおもう。

かつての父のような強い相手を求めて、慎十郎は綺羅星のごとく剣豪の集う江戸へやってきたのだ。

今日も朝から麹町六番町の無念流鈴木道場を破り、駿河台にある小野派一刀流の鵜殿道場を一蹴した。

腰巾着の恩田信長は「袴の損料代」を手にして、吉原とやらへ消えた。

いっしょに行かぬかと誘われたが、返事もせずに別れ、九段下の俎板橋まで足を延ばした。

江戸三大道場のひとつ、練兵館である。

眼前に立ちはだかる門の奥には、神道無念流の頂点に立つ斎藤弥九郎が待ちかまえているはずだ。

北辰一刀流の千葉周作、直心影流の男谷精一郎と並び、当代の三達人と称されるうちのひとりである。すべての形と技が口伝のみで伝えられる神道無念流には、未知の部分が多い。

——斎藤は巨軀を利し、平青眼（ひらせいがん）の構えから猪のように突きこんでくる。

そうした噂だけは耳にしていたが、実際に立ちあってみなければ、本物の強靱さはわかるまい。

慎十郎は門を仰ぎ、これまでに感じたことのない武者震いをおぼえた。

——斎藤弥九郎は強いらしい。

それは、父の口からも漏れた台詞だ。

父もいつかは江戸へ出て、強い相手と存分に闘ってみたかったにちがいない。

その夢を自分の手で叶（かな）えてやりたいと強くおもい、故郷を捨てたようなものだ。

理由も告げずに家を飛びだし、いちども振りかえらずに街道を駆けぬけた。

ただし、何か拠り所がほしいとおもい、家宝の藤四郎吉光を拝借してきた。江戸の名だたる道場を席捲し、あらゆる剣豪とわたりあって勝利する。満願成就となったあかつきには、藤四郎吉光に似つかわしい威風を放ち、意気揚々と龍野に凱旋するつもりだった。

存外に、その日が来るのは近いかもしれぬ。

慎十郎の心には、慢心が生まれていた。

「もし、失礼ですが」

力みかえった背中へ、娘の声が投げかけられた。

振りむけば、男髷に結って二刀を帯びた娘が怪訝な顔で立っている。

「練兵館に何かご用ですか」

「え」

娘の凜とした物腰に圧倒され、慎十郎はまごまごしてしまう。

「怪しい輩め。用がないなら、早々に立ちさるがよい」

「待ってくれ。斎藤弥九郎どのに会いたいのだ」

「それを早く言いなされ。斎藤先生にご用があるなら、わたくしが取りついでさしあげましょう。さあ、従いてきなされ」

娘はさきに立って門を潜り、軽快な足取りで玄関へ向かう。

慎十郎は娘の素姓をはかりかね、後ろでひとつに束ねられた黒髪が左右に揺れる様に目を貼りつけた。

年の頃の娘なら、十六か七であろう。

年頃の娘が剣士に扮し、江戸三大道場のひとつへ出入りしている。

それだけでも、慎十郎の理解を超えた出来事にまちがいなかった。

さすがは江戸だ。

好奇心に駆られつつ、何やら嬉しくなってくる。

娘は雪駄を脱ぎ、白足袋で廊下を渡りはじめた。

擦れちがう門弟は廊下の端へ畏まり、深々とお辞儀をしてみせる。

まるで、師にたいするかのように、誰もが娘に敬意の籠もった眼差しを向けた。

益々、不思議な気分になりながらも、慎十郎は娘の背につづく。

長い廊下を渡ったさきには、がらんとした道場があった。

稽古をする者とておらず、正面の床几には髭面の大男が座っている。

膝に頬杖をつき、居眠りをしているようだった。

「先生、斎藤先生」

娘が呼びかけると、男はずりっと肘を外し、床几から落ちかける。

眠そうな目を向け、丸太のような両腕を突きあげるや、ふわっと欠伸(あくび)をした。

これが、斎藤弥九郎なのか。

殺気のさの字も感じられない。

慎十郎の目には、むさ苦しい四十男にしか映らなかった。

「おう、咲(さき)どのか。待っておったぞ」

「いつもお呼びいただき、恐縮しております」

「こちらこそ、咲どのの出稽古は、そうあることではないからな」

慎十郎は、後ろで耳を疑っていた。

どうやら、咲という娘が稽古をつけにきたらしい。

「お爺(じじ)どのはお元気か」

「おかげさまで。ご紹介いただいたお医者さまに鍼(はり)を打っていただいたところ、腰の痛みが嘘のように消えました」

「そいつはよかった。近々、お伺いしてみよう」

「ありがとうございます」

「今日は、なかなか筋の良い連中を集めておいたぞ。されど、咲どのとまともに竹刀を合わせられるかどうか」

斎藤は「よっこらしょ」と立ちあがり、門弟たちを呼びにいこうとする。

「先生、お待ちを」

「ん、どうした」

「こちらの方が、何やらご用があるそうです」

「ほう。どちらさまかな」

斎藤は首を伸ばし、にこやかに問うてくる。

慎十郎は我に返り、ぐいっと胸を反らした。

「毬谷慎十郎と申します。一手、お手合わせ願いたく」

「ほう、わしよりもでかいな。されど、それだけのことだ」

「え、どういうことでしょう」

「やるまでもない、ということさ」

「何だと」

慎十郎は、威嚇するように前歯を剝く。

「どうした。頭に血がのぼったか。ふふ、未熟者め。味噌汁で顔を洗って出直してこい」

斎藤に軽くあしらわれ、慎十郎はぎりっと奥歯を噛んだ。

「お待ちを。わたしは剣に自信がある。玄武館では森要蔵どのを負かし、中西道場では高柳又四郎どのと互角に打ちあいました。どうか、わたしと勝負してください」

「おもいだした。高柳又四郎を昏倒させた男か」

「はい」

「ふはは、それで、わが道場の看板を狙ってきたわけだな」

咲がふたりのあいだに割りこみ、憤然と怒りあげた。

「無礼者め。道場破りなど、わたしが許しませんよ」

呆気にとられていると、咲は踵を返し、二刀を鞘ごと抜いて斎藤に差しだす。

「先生、これをお預かりください」

「預かるのはよいが、どうするつもりだ」

「わたくしが立ちあいます」

咲はきっぱり言いはなち、壁へ進んで竹刀を二本取ってくる。

「先生、よろしいですね」

「ん、ああ。されど、困ったな」

「なぜ、でございます」

「お爺どのから、咲どのの他流試合は禁じられておる」

「ご心配にはおよびません。これは他流試合ではなく、盗人退治です」

「盗人」

「はい。あの者、どうせ、袴の損料代が目当てにござりましょう。金目当てに道場破りをやらかす輩は、盗人と何らかわりません」

「ふふ、それもそうだな」

慎十郎は何やら、腹が立ってきた。

気の強い小娘に盗人呼ばわりされたうえに、小娘の竹刀で「退治」されねばならないというのだ。

まがりなりにも剣の道を究めんとする者の矜持が、胸の裡で泣き声をあげている。

「小娘と立ちあう気はない」

うっかり、慎十郎は発してしまった。

「問答無用」

咲は般若のように眦を吊り、素早く近づいて竹刀を差しだす。

慎十郎は頭を混乱させたまま、斎藤に救いを求めた。

「斎藤どの、おなごと竹刀を合わせるのはちょっと」

「勘弁してほしいか。ぶはは、高柳又四郎を昏倒させた男も、咲どのの口にはかなわぬようじゃ。まあ、やってみるがよい。わが流派には、おなごが竹刀を持ってはならぬというきまりはないのでな。毬谷とやら、おぬしもせっかく田舎から出てきたのだから、土産話に立ちあってみよ。何事もやってみなければわかるまい」

「はあ」

慎十郎は溜息を吐き、咲から竹刀を受けとった。

「いやっ、ぬえい……っ」

やにわに、面打ちがくる。

咄嗟に受けの構えを取るや、咲は眼前から消えた。

身を沈めてかいくぐり、脇胴を抜いていったのだ。

「一本、胴あり」

斎藤が野太い声で叫ぶ。

その声を聞きつけ、門弟たちがどやどや道場へはいってきた。

慎十郎は脇腹を押さえ、うろたえたように発する。

「今のは卑怯だ。こっちに仕度ができておらぬ」

「ふん、真剣ならば地獄へ堕ちておったぞ。隙をみせたおぬしの負けだ」

斎藤のことばは正しい。言い訳をしたことが悔やまれた。
しかも、鋭い抜き胴によって、肋骨に罅がはいったようだった。
咲の技倆も侮るわけにはいかないと、慎十郎はおもいなおした。
門弟たちは興味津々の体で、勝負の行方を眺めている。
斎藤は鼻の穴をほじり、床几に座りなおした。
「双方、前へ。二本目、始めい」
野太い声に促され、両者は向かいあって立礼を交わす。
「ふん」
咲は板を蹴った。
小柄なからだを前傾させ、切っ先を横に寝かせた平青眼から突きかかってくる。
そのまま、まっすぐに突いてくれば、神道無念流の「夢枕」という奥義になる。
直前で跳躍すれば「飛鳥翔」なる上段斬りの技だ。
突くのか、跳ぶのか。
どっちだ。
慎十郎は竹刀を立て、不動の構えで待ちかまえた。
「いやっ」

　咲は跳んだ。

　牛若のように二間（約三・六メートル）余りも軽々と跳躍し、上段から竹刀を振りおろしてくる。

　ちょろいものだと、慎十郎はおもった。

　十字に受けて、弾きとばしてくれよう。

「お覚悟」

　宙で、咲が叫ぶ。

　撓る竹刀の物打を、慎十郎は十字に受けた。

　——ばちっ。

　弾いた瞬間、ふっと咲の顔が迫ってきた。

　と同時に、竹刀の柄（つか）が鼻面に飛びこんでくる。

「うおっ」

　真っ白になった頭の隅に、斎藤の声が聞こえてきた。

「勝負あり」

　見事な柄砕（つかくだ）きだ。

　変わり技だが、介者剣術の常道ではある。

鼻っ柱は折れ、ひん曲がったにちがいない。

慎十郎は完敗を認め、その場にへたりこんだ。

十

蔵前の俵屋で打ち毀しのあった晩から、三日経った。

源信は吉原の大門を潜って仲の町を歩き、左手の江戸町二丁目に紅殻色の総籬をしつらえた『丁子屋』の二階を見上げた。

日が暮れてからすでに一刻（約二時間）余り、二階を総仕舞いにした宴会は賑やかにつづいている。

今宵で四日目、つまり、米問屋の蔵を襲った晩からずっと、黒天狗の一党は一流どころの妓楼を借りきり、果てることもなくどんちゃん騒ぎを繰りかえしていた。

「盗み金をばらまきおって」

苦々しく吐きすてる源信は僧衣を纏わず、禿頭に鬘をつけ、浅葱裏と呼ばれる田舎侍に化けている。

三日前、俵屋を襲った黒天狗どもを尾け、夜更けにたどりついたのが吉原であった。

岩城権太夫を旗頭にして、屑(くず)どもは十余人を数える。

いずれも旗本の穀潰しで、率いているのは笹部という蒼白い顔の男だ。

男の素姓は、ある程度割れていた。

名は右京之介(うきょうのすけ)、笹部家の次男である。

官学の昌平黌(しょうへいこう)では神童と呼ばれ、剣の修行を積んだ北辰一刀流の千葉道場では天才と噂された。

ところが、どこでどうまちがえたのか、人の道を外れてしまった。

物乞いも同然の無宿者を掻きあつめ、煽動して暴徒に仕立てあげ、市中の商家を襲撃させる。

俵屋の用心棒三人を斬ったのは、笹部右京之介にほかならない。

源信はみていた。

腕自慢の用心棒たちが、いずれも一刀のもとに胸を裂かれた。

目に焼きついているのは、扇を手にして舞うような太刀さばきだ。

笹部右京之介は、一度たりとも刃(やいば)を合わせることもなく、瞬時に三人を葬りさった。

一方、暴徒の側で死んだ百姓たちは、いずれも恐怖に駆られて逃走をはかろうとした連中だった。ことごとく黒天狗たちに囲まれ、みせしめのために首を飛ばされたのだ。処刑役の岩城は三尺の大刀を振りまわし、呵々と嗤いながら、つぎつぎに首を飛ばしていった。

楽しそうに嗤う声が、今も源信の耳から離れない。

蔵を破って苦もなく奪った米俵や金は、かねてからの約定どおり、鋤や鍬を握った連中に少しずつ分配された。お宝のほとんどは黒天狗どもがぶんどり、こうして、廓（くるわ）に繰りだしては湯水のように使っている。

おそらく、芝口の播磨屋襲撃も、昨年の暮れから頻発している一連の騒動も、煽動したのは黒天狗どもにまちがいない。

ただし、笹部右京之介の狙いは金だけではないと、源信は読んでいた。

調べてみると、笹部家は代々、但馬出石藩仙石家の出入旗本であった。

出入旗本とは幕府開闢当初、大名を監視させるべく、公儀の命で送りこまれた旗本たちのことだが、時を経るにしたがって本来の役割は薄れ、小遣いを貰って何もしない金食い虫になりさがった。

それでも、台所事情の厳しい旗本たちを食わせていくには、公儀としても大名家からの収入を断つわけにはいかず、悪習とわかっていながらも存続させざるを得ない。

そうした背景のなか、仙石家のお家騒動は勃（お）こった。

騒動が決着をみたのは、今から二年とふた月前、天保六年師走のことだ。

それまでの十数年にわたって、仙石家では当主の家督相続や藩政改革の是非などをめぐり、筆頭家老の仙石左京と家老の仙石造酒が派閥争いを繰りかえしていた。狡猾な左京は江戸の幕閣にも触手を伸ばし、老中首座の松平康任へ六千両におよぶ賄賂を届け、その見返りとして、康任の姪を息子の小太郎に嫁がせた。派閥抗争が激化してくると、当然のように左京は康任に手をまわし、肩入れするように促したのだ。

天保六年、造酒派の隠密であった神谷転は江戸に潜伏し、左京派の非道を幕府に直訴する機を窺っていた。ところが、この動きは左京の知るところとなり、さっそく左京は康任に頼んで神谷を捕縛させた。

これが裏目に出た。老中の水野忠邦が異議を唱え、評定所での協議を経て、最後は将軍家斉の命により、寺社奉行である脇坂安董の扱いとされた。命を受けた安董は、吟味物調役の川路弥吉に綿密な調べをおこなわせ、左京派の非道をあばいてみせた。

このとき、源信は但馬の出石城下へ忍びこみ、左京派の不正と政道の過ちをしめす証拠をいくつも摑んでいる。

源信の入手した証拠も合わせて吟味された結果、出石藩は五万八千石から三万石への減封となり、騒動の張本人ともいうべき仙石左京は獄門とされた。左京に加担した多くの藩士たちも、ある者は厳罰に処せられ、ある者は職を解かれて浪人となった。

また、松平康任は老中職を解かれ、謹慎の身となった。それだけでは済まず、翌年の天保七年、統治する石州浜田藩六万一千石において竹島を経由した密貿易が発覚し、これが藩ぐるみであったことから、藩主康任は永蟄居（えいちっきょ）を命じられた。

笹部修理は長年康任のもとに仕え、康任の口利きで勘定奉行に昇進した人物である。何ら罪科はなかったものの、仙石騒動の裁定が下った直後に無役とされた。同時に、仙石家への出入りも遠慮するよう、厳しく命じられたのだ。

一方、仙石騒動で功績をあげた安董は西ノ丸老中格に昇格し、今は本丸老中という幕閣の中枢にある。

職も金も失い、出世の道も閉ざされた笹部家にとって、安董は恨むべき相手ということになりはしないか。そのことと、龍野藩御用達の播磨屋が襲われた件には関わりがあると、源信はおもっていた。

次男の右京之介が狂気を帯びはじめたのも、笹部家の失墜と同じころだ。

いたずらに市中を擾乱（じょうらん）させ、人々を不安の坩堝（るつぼ）に陥れることで、鬱々（うつうつ）とした気持ちを発散させているのではあるまいか。

理由はどうあれ、非道な輩であることにかわりはない。

仙石左京や松平康任のときもそうであったが、身分の高い者を失墜させることに、源信は生き甲斐を感じていた。

赤松豪右衛門のもとで隠密働きをしているのは、金のためでも正義のためでもない。誰かのあらを探し、あげくは破滅に追いこむ。それが成就したときの快感を得たいという、捻くれた感情に衝きうごかされているのだ。

源信は辻を曲がり、黒板塀のほうへ向かった。

小便臭い塀沿いには、安価な切見世が並んでいる。零落した遊女たちが集うふきだまり、羅生門河岸であった。

「わしには、こっちのほうが似合っている」

源信は闇のなかで佇み、妖しげにほくそ笑む。

辻向こうから、酩酊して足許のおぼつかない浪人がやってきた。

「ちょいと旦那、遊んでおいきよ」

すかさず、饐えた臭いのする切見世から、歯の抜けた女郎が飛びだしてきた。

「ねえ、いいだろう。お安くしとくからさ」

「うるさい。わしはお安い男ではないぞ。小便をしにきたのだ」

その声に、聞きおぼえがあった。

浪人は着物のまえをまさぐり、黒板塀に向かって小便を弾きだす。

ぼんやりとした軒行灯（のきあんどん）の光に、男の横顔が照らされた。

「ちっ、あいつか」

毬谷慎十郎にくっついていた恩田信長とかいう瘦せ浪人だ。

おおかた、道場破りで稼いだ金を抱え、廓遊びにやってきたはいいが、怪しい見世で酔わされて身ぐるみ剝（は）がされ、すってんてんで追いだされたにちがいない。

「莫迦なやつだ」

舌打ちして踵を返したところで、源信は金縛りにあったように固まった。

半町さきの辻に、死人のような顔の侍がふらりとあらわれたのだ。

「さ、笹部右京之介」

暗闇に、蒼白い顔がぼうっと浮かんでいる。

こちらをみつめ、笑っているようにもみえた。

切見世から女郎がひとり飛びだし、近づいていく。

「ねえ旦那、遊んでおいきな」

袖に触れようとした刹那、白刃が閃（ひらめ）いた。

女郎の首が飛び、地べたに転がっていく。

首無し胴はぺたんと膝をつき、斬り口から黒い血を噴きあげた。

「ば、化け物め」

源信は身を凍らせたまま、一歩も動けない。

笹部右京之介は返り血を潜りぬけ、ゆっくり近づいてくる。

「夜目が利くのか」

女郎を斬った刀は腰に納め、右手には管槍(くだやり)を提げていた。

その槍を何気なく肩に担ぐや、無造作に投げつけてくる。

――ぶん。

槍の穂先が震えながら、闇を裂いて飛んできた。

「ぬおっ」

源信は右胸に焼けつくような痛みをおぼえ、頽れるように片膝をつく。

鋭利な穂先は分厚い胸板を貫き、背中から飛びだしていた。

「お、恩田あ、恩田あ……す、助(す)けてくれ」

源信はひっくり返り、血を流して這(は)いつくばりながらも、異変に気づかずに長い小便を弾いている男に救いを求めた。

十一

二日後、池之端無縁坂下。

曇天のもと、小柄な老人が竹箒を持ち、門前で枯葉を掃いている。

門に掲げられた看板は『丹波道場』と読めたが、文字はほとんど消えかかり、そのうえ、かたむいていた。

老人は看板に手を伸ばし、外そうとするものの、これが簡単にはいかない。

「ふう、寒いのう。手がかじかんで動かぬわい」

あきらめて敷居をまたぎかけ、躓いて前へつんのめる。

「おっとと」

顔から落ちる寸前、長くて太い腕が伸び、老人は救われた。

見上げれば、竹箒を握った慎十郎が立っている。

「お師匠さま、九死に一生を得ましたな」

がははと大笑いした途端、慎十郎の顎が外れた。

外れた顎から涎が垂れ、老人の顔にぼたぼた落ちる。

「うえっ、汚ねえ。放しやがれ、でかぶつめ」

「ぬが、ぬぐぐ」

慎十郎は片手で下から顎を摑み、蝶番を塡める要領でがちっと塡めこむ。

「ふうっ、まいった。うっかり笑うこともできぬ」

「妙なやつじゃな、おぬしは」

「お師匠さま。困ったことがおありなら、何なりとお申しつけくだされ」

「ないわ。おぬしから師匠呼ばわりされる謂われはない。早く出ていけ」

「出ていけと言われても、行くところがありません」

「わかっておる。じゃがな、おぬしが出ていかぬと、わしが咲に叱られる」

「そういえば、咲どのはどちらへ。早朝から、すがたがみえませぬが」

「千葉道場へ出稽古じゃ」

「ほう、玄武館へ」

「ちがう。京橋の桶町じゃ。舎弟の千葉定吉がやっておる道場があっての……くそったれめ、何でわしが、まどろっこしい説明をせねばならぬのじゃ」

慎十郎は竹箒で枯れ草を掃きながら、咲の雄姿を思い浮かべた。

どうにも、負けた気がしない。

なにしろ、相手はおなごだった。

おなごと立ちあうのもはじめてだし、あれほど剣に熟達しているとは想像もできなかった。

要するに、油断したのだ。

が、それは言い訳にすぎない。

誰がみても完敗だったし、そのことを認めないわけにはいかなかった。

練兵館で完敗を喫して以来、咲とはひとこともことばを交わしていない。

咲は双親を幼いころに亡くしていた。兄弟姉妹もおらず、祖父の一徹に育てられた。

一徹はそのむかし、御三家の剣術指南役をつとめるほどの剣客で、咲に剣を教えたのも一徹だった。

それならと弟子入りを望んだが、きっぱり断られた。

すでに、一徹は隠居の身、今さら弟子をとる気もないという。

弟子もとらずにどうやって糊口をしのいでいるのかといえば、咲が出稽古で貰ってくる心付けだけが頼りらしい。

「貧してもな、わしらは心穏やかに暮らしておる。おぬしのごとき、がさつな男に寄宿されても迷惑なだけじゃ」

断られても頼るところとてなく、慎十郎はどうにか気に入ってもらえるように、道場の雑巾掛けやら厠の掃除やらを懸命にやりつづけた。それが少しは功を奏したのか、一徹には喋りかけてもらえるようになったものの、咲のほうはいっこうに心をひらこうとしない。

地べたに額をこすりつけて「頼む。今いちど立ちあってほしい」と懇願しても、ぷいと横を向かれるばかりだ。

それでも、咲の姿をみつければ、裾をつまんで駆けより、同じことを繰りかえした。

仕舞いには「ご自分が情けないとおもいませんか」と吐かれたが、慎十郎にはほかにできることがない。どうにか咲の気持ちをこちらに向かせようと、必死だった。

咲の壁を乗りこえられないかぎり、そのさきへ進むことはできない。

慎十郎はすっかり自信を失い、童子と立ちあっても勝てる気がしなくなっていたのである。

「のう、でかぶつよ、早くここから出ていけ」

一徹に促され、慎十郎は淋しそうに背中を向けた。

「お、出ていくのか。それなら、竹箒を置いていけ」

返事もせずに門の敷居をまたぎ、かたむいた看板に手を伸ばす。

べりっと、いとも簡単に剝ぎとった。

「うわっ、何をする」

一徹は悲鳴をあげ、入れ歯を外しかけた。

「何で看板を外すのじゃ」

「外そうとなさっていたではありませんか」

「莫迦者、どこの馬の骨とも知れぬ男に外されてたまるかっ」

怒った拍子に入れ歯が勢いよく飛びだし、慎十郎は鼻先で避けた。

入れ歯は弧を描き、訪ねてきた誰かの足の甲にぺたっとくっつく。

「おや、何だこれは」

男は入れ歯を拾いあげ、怪訝な顔をしてみせる。

隙のない仕種で慎十郎の脇を擦りぬけ、門の敷居をまたいでいった。

「そこからあれだけ飛ばすとは、さすが一徹どの」

一徹は男から入れ歯を返してもらい、照れたように笑う。

「いや、申し訳ない」

「何の。お元気そうですな」

「このとおり、ぴんしゃんしておる」

「それさえわかれば充分です。これを」

男は風呂敷に包んだものを差しだし、にっこり微笑む。

「芋です。蒸かして食べると美味いですよ」

「それはそれは、何よりの土産じゃ。蒸かし芋は、咲の大好物でしてな」

「そうだとおもいました。だいいち、芋の嫌いなおなごなど、江戸にはひとりもおりますまい」

「ぬほほ、そのとおりじゃ」

ふたりはひとしきり笑いあい、それではと別れを告げた。

男は一礼し、くるっと踵を返す。

歳は四十のなかばあたりか。

肩幅の広い大柄な男だが、顔にはいつも柔和な笑みを湛えている。

剣客だなと察し、慎十郎はいたずら半分に竹箒の柄を突きだした。

男は左手で軽く弾き、滑るように鼻先へ迫るや、慎十郎の右手首を摑む。

「うぬっ」

凄まじい力だ。

どうあがいても、外すことはできない。

「おぬし、なかなか筋はよいぞ」

男は涼しげな目で言い、ぱっと手を放す。

慎十郎はよろめき、どしんと尻餅をついた。

全身の毛穴がひらき、冷や汗が噴きだしてくる。

男は振りむきもせず、風のように去っていった。

「ふふ、誰じゃとおもう」

一徹が、楽しげに喋りかけてきた。

「あれがな、千葉周作よ」

「げっ」

「剣を究めんとする者なら、いちどは立ちあってみたいと願う相手じゃ。おぬしも、そうであろうが」

「はい、是非とも立ちあっていただきたい」

「ふふ、やめておけ。千葉周作を相手にするのは、十年早いわ」

口惜しさが、腹の底から込みあげてくる。

慎十郎は、虎のように吼えたい気分だった。

「おや、雪じゃ」

鉛色の空から、白いものがひらひら落ちてくる。

「どうりで、寒いわけじゃ」

午後には消える大粒の牡丹雪(ぼたんゆき)は、降りじまいの雪でもある。

「今日はお釈迦(しゃか)さまの亡くなった涅槃会(ねはんえ)じゃ。涅槃会になると、江戸にはかならず雪が降る。雪涅槃とも言うてな」

「雪涅槃」

慎十郎はつぶやきながら、門の内に咲く紅椿に雪が積もる様をみつめた。

負け犬

一

如月二十五日。

食うためには金を稼ぐ手だてが要る。

慎十郎はあたりまえのことをおもいたち、弟子入りをいっこうに認めてくれない丹波一徹に尋ねてみた。

「お師匠さま、わたしにいったい何ができましょう」

「そうよな、おぬしにできるのは高利貸しの用心棒か、銭湯の薪割りぐらいのものじゃろう。おっと忘れておった。道場破りがあったな。されど、またやらかしたら、咲は一生振りむいてくれぬじゃろうて。ぬは、ぬはは」

白い蓬髪の老剣士はさも嬉しそうに笑い、ふらりと消えてしまう。

孫娘の咲はあいかわらず、朝から夕まで出稽古にいそしんでいる。

慎十郎はふたりと朝夕の膳も別だし、寝泊まりも以前は馬を飼っていたらしい馬小屋をあてがわれた。蒲団代わりの干し草が夜露に濡れても、たいして苦にはならない。

ただ、みじめな気分は拭えなかった。

それでも、咲ともういちど立ちあいたい一念から、家屋の修理やら床板の雑巾掛けやら庭掃除やらといった雑用をこなし、終日、道場のなかで過ごしている。一徹も咲もあきらめたのか、出ていけとは言わなくなり、雨風をしのぐ屋根と空腹をしのぐだけの食い物にはありつけた。

ただし、稽古はつけてもらえない。竹刀を握ることすら許されなかった。何日かまえに、一徹が伯耆流の流れを汲む居合の達人であることは判明した。酔った勢いで本人が喋ったのだ。それならば、抜刀術の骨法だけでも教えてほしいと頼んだが、あっさり断られた。

「十年早い」

それが、頑固な老剣士の口癖だった。

もちろん、十年もここに留まっているわけにはいかない。

慎十郎はどちらかといえばおっとりした性分だが、さすがに十年も穴蔵のような道場で安閑と過ごす気はなかった。

せっかく、江戸へ出てきたのだ。見聞を広め、世の中のことを知り、何よりも剣の道を究め、一人前の男となって故郷へ戻りたい。

そうした夢を抱くにしても、やはり、先立つものが要る。

慎十郎は久方ぶりに門から飛びだし、市中へ繰りだした。

無縁坂を下りきったところには、不忍池(しのばずのいけ)が広がっている。

まんなかにぽっかり浮かぶ弁天島には、半周巡って東側から渡るしかない。池畔に佇(たたず)む鳥居を潜(くぐ)り、石積みの細道を通って太鼓橋を渡ると、そのさきに弁天堂があり、周囲には蓮飯(はすめし)を食わせる料理茶屋が水面に張りだすように何軒も築かれている。

池を埋めつくす蓮の葉からは、芽が出はじめていた。

水鳥の遊ぶ池畔には芹(せり)が萌(も)え、水面(みなも)を覗(のぞ)けば卵を孕(はら)んだ雌鮒(めぶな)が悠々と泳いでいる。

彼岸を過ぎると、川や池の水も温(ぬる)んでくる。

慎十郎は汀(みぎわ)に屈(かが)んで水に手を浸し、故郷の揖保川(いぼがわ)をおもいおこした。

播州の小京都とも称される龍野は、風光明媚(ふうこうめいび)な山河を擁する城下町だ。

今頃の季節、城の築かれた北面の鶏籠山麓(けいろうさんろく)には霞(かすみ)が発生する。ゆえに「霞城」とも呼ばれる城から見下ろすと、東に流れる揖保川には荷を積んだ高瀬舟が何艘も行き来していた。城下には堀川が網目のように張りめぐらされ、龍野は舟運の町であることがよくわかる。

堀川沿いにはかならず、黒屋根と黒板塀でつくられた醬油蔵が並んでいた。龍野醬油は藩財政の中核を担う特産品で、城下を訪れた者はまず醬油の匂いを嗅ぐことになる。

慎十郎は兄たちとともに、揖保川の支流で毎日泳いだ。兄たちに負けまいと必死に泳ぎ、どうにか向こう岸までたどりついたのをおぼえている。

溺れかけても、誰ひとり助けてはくれなかった。

優しい母は案じていたが、厳格な父が口にする台詞はいつも同じだった。

「死ねばそれまでの運命じゃ。運命に抗ったところで詮無いことよ」

突きはなすような物言いが、子供心に嫌でたまらなかった。

やがて母は重い病を患って他界し、慎十郎は深い悲しみを胸の奥に仕舞いこんだ。

父に鍛えられ、剣は誰よりも強くなった。からだつきも逞しくなり、精神も強くなったが、今も心のどこかで、慈しんでくれた母の面影を追いかけている。

母の面影を振りはらうために、思い出深い故郷の山河をあとにした。

もっと強くなりたい。

強くなるには見聞を広め、さまざまな人と出会い、いろいろな考え方を学ばねばならぬ。

前髪を断った十五のころ、次兄の慎九郎に言われたことがあった。

「おれたちは井の中の蛙だ。ぬくぬくと龍野に留まっておるかぎり、ただの蛙でしかない」

五つ年上の次兄は、時折、飄然と居なくなった。

何ヶ月も経って戻ってくると、着物は襤褸屑も同然になり、髪も髭もぼうぼうに伸びていた。どうやら、廻国修行の旅に出ていたらしいのだが、父は次兄のやるがままに任せ、咎めだてはしなかった。

羨ましいと、慎十郎はおもった。

どうして、次兄だけが勝手なことをしても許されるのかと、怖々ながら問うたこともある。父はいつになく穏やかな顔で、おまえはまだ子どもだから手許に置いて躾けなければならぬとこたえた。

そのころから、父や兄たちにたいして、格別な理由もなしに反抗心を燃やしつづけてきた。

何年もずっと、逃げだす機会を窺っていたのだ。

父の頸木から逃れ、故郷を飛びだしたときは、じつに晴れ晴れとした気分だった。

何ものにも縛られず、山陽道、東海道と闊歩しながら、腹の底から嗤いつづけた。

ところが、路銀がなくなった途端、急に心細くなった。空腹に耐えきれず、木の皮を齧ったこともある。山中へ踏みこみ、狸や狐の尻尾を追いかけた。だが、宿場の人々や旅人に物を乞うことはできなかった。ましてや、人を脅して物を盗ろうなどとは考えもしなかった。外道に堕ちるくらいなら野垂れ死んだほうがよいと、最初から決めていたのだ。

右も左もわからない江戸へたどりついてみると、途轍もない淋しさに襲われ、すぐにでも龍野へ飛んで帰りたい衝動に駆られた。

人とは弱い生きものだと、つくづくおもう。

こうしてどうにか生きながらえていることを、神仏に感謝しなければなるまい。

慎十郎は弁天島に手を合わせ、ほっと溜息を吐いた。

出会茶屋が軒を並べる池畔を巡り、賑やかな下谷広小路へ踏みこむ。

広小路には『いとう松坂屋』という尾張の呉服問屋が大きな店を構えていた。この

『松坂屋』を中心に大店(おおだな)や茶屋や旅籠(はたご)が軒を連ね、往来では軽業師や辻(つじ)講釈やあらゆる大道芸人たちが客を集めている。ちょうど雛(ひな)人形を売りだすころでもあり、小間物や足袋(たび)などを扱う小店は雛人形屋に衣替えしていた。

「すごいな」

慎十郎は歩いているだけでも、浮きたつような気分になった。

広小路は下谷御成街道へ通じ、そのまま南へ進めば、柳並木の美しい神田川の土手へたどりつく。

道場破りで歩きまわったおかげで、神田から日本橋界隈(かいわい)まではまちがえずにたどりつく自信があった。

御成街道の途中には、無頼の旗本から救ってやった娘の水茶屋もある。

そういえば、恩田信長はどうしているのだろう。

吉原の遊郭に行くと言って消えたきり、離れればなれになってしまった。

江戸ではじめて得た「友」だけに、このまま別れるのは淋しい気もする。

行方を捜してみたかったが、吉原へはどうやって行けばよいかもわからない。

「あっ、お武家さま」

難しい顔で歩いていると、後ろから誰かに呼びとめられた。

振りむけば、水茶屋の娘がぺこりとお辞儀をする。

いつぞやか旗本奴(やっこ)から救ってやった看板娘だ。

何やら懐かしく感じ、慎十郎はにっこり微笑(ほほえ)んだ。

娘は前垂れを掛けたまま、小走りに近づいてくる。

「あの、白酒はいかがですか」

「え」

「日頃の感謝を込めて、お客さまに白酒をお配りしております」

「只(ただ)で呑(の)めるのか」

「はい」

水茶屋に長蛇の列ができているのは、そのためのようだった。

人の良さそうな親爺(おやじ)は手伝いの娘たちに混じって、忙しそうに働いている。

わざわざ誘ってくれた看板娘に感謝しつつ、慎十郎は見世の裏手へ足を向けた。

「わたし、みよと言います」

娘は名乗り、頬をほんのり赤く染めた。

「おみよか」

歳は十四、五であろう。可愛(かわい)らしい娘だ。

「ここにもうひとつ、瓶を隠してあるのですよ」

おみよは瓶の蓋を取り、柄杓で白酒を掬う。

「さ、どうぞ」

「お、すまぬ」

慎十郎は頷き、柄杓から直に白酒を呑んだ。

「美味いな」

「もう一杯どうぞ」

「よいのか」

「毬谷さまは特別です」

「そうか。ありがたいな」

こそばゆいと感じながらも、二杯目の白酒を呷る。

この程度の酒量で酔うはずもないのに、良い気分になってきた。

と、そのとき。

表口が何やら、騒がしくなった。

覗いてみれば、長蛇の列を押しのけ、肩で風を切った連中がやってくる。

「あ、黒門町の勘助たちだ」

おみよはそう言い、子兎のように震えだした。

親爺は蒼褪め、手伝いの娘たちを背に庇う。

「おら、退け退け。勘助親分のお通りでい」

気の荒い連中の背後から、黒紋付を羽織った目付きの鋭い四十男があらわれた。

「おう、与平。元気か」

「黒門町の親分。いってえ、何のご用です」

「へへ、恐がることはあんめえ」

黒門町の勘助はにたりと笑い、紋付の前を捲ってみせる。

縞の帯に銀流しの十手が差してあった。

どうやら、この界隈を牛耳る地廻りが十手持ちも兼ねているらしい。

お上の権威をひけらかし、善良な商売人に無理難題を言いつける魂胆だろう。

おおかたの筋は読めたが、慎十郎は黙って推移を見守った。

勘助が横柄な態度で口をひらく。

「おみよのこと、考えてくれたろうな」

「そのおはなしなら、お断り申しあげたはずです」

「親爺さんよう。お断り申しあげられたら、こっちの面目は丸潰れなんだぜ」

勘助は狡猾そうな面を差しだし、手の平で頬を叩いてみせる。

「この顔を潰されちまったら、こっちの渡世で生きちゃいけねえ。黒門町の勘助はその程度の男かってことになる。な、わかるだろう」

「何を言われても、お受けするわけにゃいきません」

「どうしてかなあ。おみよは大店の若旦那に見初められたんだぜ。下谷広小路の安房屋といやあ、知らねえ者もいねえ醬油問屋じゃねえか」

「おみよはまだ十五の小娘です。大店を背負ってたつ若旦那とは、釣りあいがとれません」

「そうじゃねえんだろう。おめえが案じているのは、若旦那の人となりってやつだ。たしかに、呑む打つ買うの三道楽煩悩から逃れられねえ御仁さあ。三十を超えても独り身で、吉原の花魁と浮き名を流すほどの遊び人だしな。でもよ、所帯を持てばきっと改心する。そいつは、この勘助さまが請けあうぜ」

放蕩息子の縁談をまとめれば、親から謝礼をたんまり貰えるにちがいない。

勘助がお節介でやっているのでないことは、みればすぐにわかる。

父親の与平は、膝に額がつくほど頭を下げた。

「親分、このとおりだ。もう、勘弁してくだせえ」

「いいや、勘弁ならねえ。おめえにゃ、金も貸しているはずだ」

「所場代じゃござんせんか。しかも、お支払は半年にいちどでいいと」

「そんな約束、したおぼえはねえなあ」

勘助はとぼけてみせ、帯の十手を引っこぬく。

「ふた月ぶんの所場代に利子が付いて三両だ。そいつを今すぐ払えねえなら、おめえを番屋にしょっ引くぜ」

「そんな殺生な」

「嫌なら、うんと言いな。うんと言えば、所場代は只にしてやるぜ」

いつのまにか長蛇の列は解け、しらけた客たちはすがたを消した。

おみよは物陰で俯き、涙を零している。

与平は愛娘を守ろうと、必死だった。

「親分、勘弁してくだせえ」

「そうかい。どうしても聞けねえってわけか。なら、仕方ねえ。おい、野郎ども」

「へい」

阿吽の呼吸で応じた手下が棍棒を振りあげ、白酒のはいった瓶を叩きこわす。

「きゃああ」

娘たちが悲鳴をあげた。

これを皮切りに手下どもは暴れだしたが、すぐに動きを止めた。

「うえっ、な、何しやがる」

勘助が衿首(えりくび)を摑(つか)まれ、宙に浮かせた足をばたつかせている。

腕一本で軽々と持ちあげているのは、慎十郎にほかならない。

「て、てめえは誰でえ」

「毬谷慎十郎だ。放してほしくば、白酒を弁償しろ」

「な、何だとこの……」

抗う勘助の衿首を、慎十郎はぐいっと絞りあげた。

手下どもは助けることもできず、眺めているしかない。

「……く、苦しい……は、放してくれ」

勘助は飛びでた眸子(まなこ)を充血させ、口から泡を吹いた。

慎十郎は、それでも手を放さない。

「約束しろ。醬油問屋の件は水に流すとな」

「わ、わかった……や、約束する」

「よし、それでいい」

手を放すと、勘助は背中から地べたに落ちた。

うっと呻き、這いつくばって逃げようとする。

「待て、こら」

慎十郎は紋付の裾を踏み、腹の底から脅しあげた。

「約束を破ったら、素首を捻じきってやるからな」

「わ、わかった……お、おめえさんのことは忘れねえ」

勘助は手下どもに支えられ、尻尾を丸めて去っていく。

おみよは俯いたまま、見世の端でぶるぶる震えていた。

父親の与平は緊張した面持ちで、そばに近づいてくる。

「礼を言いてえところだが、そうもいかねえ」

「どうして」

「おめえさんは余計なことをしてくれた。勘助ってな陰険で阿漕な野郎だ。あれしきのことで、おとなしく引きさがるような野郎じゃねえ」

「ふうん、そうなのか」

世の中というものは、ひと筋縄でいかないことばかりのようだ。

助けた相手にたしなめられ、慎十郎の気持ちは沈んでしまった。

二

浅草箕輪。

――つちつちち、つりりり。

松毟鳥が高い声で鳴いている。

暗闇から目覚めてみると、眉のない四十路年増の顔が覗いていた。

「旦那、ほら、このひと目を醒ましたよ」

「おう、そうか。おたね、水を持ってきてやれ」

「あいよ」

膝で躙りよってきたのは、無精髭を生やした浪人者だ。

恩田信長という名をおもいだし、源信は褥から起きかけた。

「うぐっ」

全身に痛みが走り、起きあがることもできない。

「無理をするな。傷口がひらくぞ。ふふ、もっともその金瘡は容易なことではふさがらぬと、藪医者は言っておったがな」

「おぼえておらぬのか。おぬしは吉原の羅生門河岸で死にかけたのだぞ。胸に管槍を突きたてられてな。信じられぬはなしだが、半町（約五十五メートル）もさきから投げつけられた管槍であったわ。穂先は背中から飛びだしておったが、運良く急所は外れたのさ」

「き、金瘡……や、藪医者」

外れたのではなく、咄嗟に外したのだ。

「そ、それは……い、いつのはなしだ」

「今日は二十五日だから、十二日前のはなしさ」

「じゅ……十二日」

源信は愕然とした。

おたねと呼ばれた年増が、水を湯吞みに入れて運んでくる。

恩田に背中を支えられ、源信はどうにか上半身を起こした。

「ほれ、水を吞め」

湯吞みに口をつけ、貪るように吞みはじめる。

途端に激しく噎せ、落ちつくのにしばらく掛かった。

「無理もあるまい。おぬしはずっと、生死の境界をうろついておったのだ。助かったのが信じられぬわ。なにせ、凄まじい血の量だったからな。それにしても、なぜ、わしの名を呼んだ。おぬしとは、どこかで会ったかな」

　そんなことは、どうでもよい。

　源信は痛みを怺え、眸子を瞠った。

「あ、あやつは、どうした」

「管槍を投じた物狂いか。知らぬわ。誰ひとり顔をみた者はおらぬ。ともあれ、四郎兵衛会所の連中は、血眼になって捜しておる」

「し、四郎兵衛会所」

「吉原の用心棒どもさ。あの夜から三晩つづけて、お歯黒どぶに女郎の首無し死体が浮かんだ。人斬りが廓に潜んでいやがるのさ。そいつのせいで、遊女も奉公人もうかうか外を出歩けぬ。噂を聞いた常連客は大門の内へ足を運んでくれず、楼主どもは商売にならぬと嘆いてな、人斬りをみつけた者には十両の懸賞金を出すと言いだした。わしの狙いは、その十両よ。だから、おぬしを生かそうと手を尽くした。おぬしはたぶん、人斬りの人相を知っている。もしかしたら、素姓さえも知っているやもしれぬ。そう、睨んでな」

　源信は記憶を順にたどり、みずからの素姓と与えられた役目と、不覚をとったときの情況をおもいおこした。

——笹部右京之介。

死に神のような男の顔が、暗闇にぼっと浮かびあがる。

源信はどうにか動く左腕を伸ばし、恩田の胸倉を摑んだ。

「こ、ここは、どこだ」

「まあ、焦るな」

恩田と年増に左右から背中を支えられ、褥のうえに寝かされた。

耳を澄ませば、川音が聞こえてくる。

「山谷堀だよ。隣は箕輪の浄閑寺、女郎の投込寺さ」

「な、投込寺」

「ああ。ここは吉原と関わりのある者たちが住む裏長屋でな、寝床を貸してくれたのはお針のおたねだ。切見世の抱え主に紹介され、おぬしの世話を頼んだのさ。たまさかわしと同郷でな、他人とはおもえぬ。おぬしが助かったのも、おたねのおかげだ」

恩田はにっと笑い、小狡そうな顔をする。

「おぬし、懐中に五両抱えておった。二両ほど拝借したが、文句はあるまい。ふふ、すぐそばには焼き場もある。おぬしはそっちに行かずに済んだ。わしとおたねに感謝するんだな」

源信は頷き、自力で起きようとする。

「すまぬ。起こしてくれ」

「どうした」

「矢立があったはずだ」

「うん、あったな。誰かに文を書くのか」

「ああ。文を届けてほしいところがある」

「やはりな。ただ者ではないとおもうておったわ。なにせ、おぬしは鬘をつけ、浅葱裏に化けておった。どこぞの藩の隠密か」

存外に鋭いと感心しながら、源信は恩田に目をくれる。

無論、信用できない男だが、使い走りにはちょうどよい。

源信は筆を動かすのに苦労しつつも、何とか文をしたためた。

「これを、和田倉門外の龍野藩藩邸まで届けてくれ」

「龍野藩か、どこかで聞いたことがあるぞ。ふうん、お相手は赤松豪右衛門どのか」

文の宛名を口にすると、源信は赤松豪右衛門の素姓を喋った。

「江戸家老だ。文と交換に、謝礼をたっぷり貰えるだろう」

「ほ、そいつはいい。きっちり届けてやるよ」

「待て。ひとつ言っておく」

源信は額に汗を滲(にじ)ませ、三白眼で睨みつける。

「文の中味をみたら、命はないものとおもえ」

「ほへへ、そいつはたいへんだ。さては、人斬りの正体が書いてあるな」

「ある。四郎兵衛会所の連中は手を出せぬ相手だ。そやつの素姓を明かしたところで、廓から懸賞金が出るかどうかも怪しい」

「それなら、あんたの言うことを聞き、使い走りをしたほうが金になる。そういうことかい」

「顔に似合わず、賢いではないか」

「ふん、そうした勘はよくはたらくのさ」

さっそく立ちあがる恩田を、源信は呼びとめた。

「もうひとつ、頼みがある」

「何だ」

「おぬし、毬谷慎十郎を知っておろう」

「毬谷……おう、あの若僧か」

恩田は、懐かしそうな目をしてみせる。

「あんたも、知りあいなのかい」

「知りあいではない。とある方が役目を与えたがっている。毬谷慎十郎を早急に捜しだし、伝えねばならぬことがあるのだ」

「ふん、わしにゃどうでもいいことさ」

「捜しだしたら、好きなだけ報酬をくれてやる」

「え、ほんとうか」

「金を出すのは赤松さまだ。十両程度の金なら、喜んで出されるにちがいない」

「ほんとかよ」

恩田はにこにこしながら、顎鬚(あごひげ)を撫(な)でた。

「あのでかぶつ、打ち出の小槌(こづち)だったというわけか。ふふ、とんだ大魚を逃すところであったわ」

源信は、声をひそめる。

「おぬし、捜すあてはあるのか」

「ある。やつは練兵館へ行くと言っておった」

「道場破りか。されど、練兵館は神道無念流の総本山、剣名の高い斎藤弥九郎がおる。

立ちあいすら許されず、門前払いされるのがおちだ」

「ま、門弟たちに聞いてみるさ」

「よし、頼むぞ」

「まかせておけ」

恩田信長は源信とおたねに頷き、弾むように戸外へ躍りでた。

三

咲は丹波道場の門柱を見上げ、おやとおもった。

白木の新しい看板が掛かっている。

野太い墨文字は、見慣れた一徹の筆にまちがいない。

「お祖父さま」

咲は溜息を吐き、門の内を覗いた。

いる。あの莫迦。

慎十郎が上半身裸で、薪割りをしている。

――すこん。

鉈(なた)の刃が一分の狂いもなく振りおとされるたび、まっぷたつに裂けた薪が左右に弾(はじ)かれていく。

汗で光った背中には、筋肉が太縄のようにくねっている。

咲はしばし見惚(みと)れ、迂闊(うかつ)にも我を忘れかけた。

たどってきた坂の上の空が、茜色(あかねいろ)に色付きはじめている。

今日は近くの麟祥院(りんしょういん)へ、両親の菩提(ぼだい)を弔いにいってきた。

麟祥院は春日局(かすがのつぼね)の菩提を祀(まつ)っている寺である。

寺の周囲はからたちの垣根で囲まれており、弥生(やよい)のなかばを過ぎると、からたちは純白の大きな花を一斉に咲かせた。

枝は鋭い棘(とげ)を持つが、晩秋にはまんまるの実を結ぶ。

春には真っ白な花を愛(め)で、秋には芳しい香りを楽しむ。

季節の移ろいを肌で感じながら、墓所をゆっくり巡りあるく。

そうやって、両親の面影を偲(しの)ぶのが、咲は何よりも好きだった。

七つのとき、帯解(おびとき)の祝いで紅い着物を羽織らせてもらい、親子三人で湯島天神へ詣(もう)でたのを、今でもはっきりとおぼえている。あのころは剣術は遊びのようなもので、母からは娘としての嗜(たしな)みを教わっていた。

ところが、不幸は唐突にやってきた。

その年の冬、祖父のあとを継いで道場を営んでいた父は、何者かによって斬殺されたのだ。

下手人は、いまだに判明していない。

殺ったのは通り魔なのか、それとも何らかの明確な意図をもった刺客なのか、そうしたこともわからない。

母は父の死を嘆き、食事もろくにのどを通らずに衰弱しきったところで、流行り病に罹って呆気なく逝った。

七つの娘にとって、両親のあいつぐ死は悲しかったけれども、いくら名を呼んでも目を開けてくれない両親の顔も、焼かれたあとに拾った骨も、いまだに現実のものとはおもえない。

ふたりはどこかで生きている。

そんな気がしてならなかった。

祖父一徹のもと、死んだ気になって剣術修行に明けくれたのも、両親の死から逃れたいためだった。

やがて、同年配の子どもたちからは恐れられ、気づいてみれば、友といえる者はひとりもいなくなった。だが、悲しいとはおもわなかった。男勝りと揶揄(やゆ)され、忌避されても、いっこうにかまわなかった。

気丈さを保つことで、どうにか生きていける。

そのことが本能でわかっていたからだ。

折に触れて、深い悲しみに襲われても、無心になって木刀を振ることで忘れようとした。雪の降り積む極寒のなかでも、茹(う)だるような酷暑のなかでも、長さ六尺（約百八十二センチメートル）の重い木刀を振りこんだ。何百回、何千回と、疲れきって気を失うまで、木刀を振りつづけてきたのだ。

柄(つか)に血の染みこんだ木刀は、道場の片隅に仕舞ってある。

血の付いた六尺の木刀こそが、咲の強靱(きょうじん)さを象徴するものかもしれない。

——すこん。

慎十郎はさきほどから同じ間合いで、鉈を振りあげては落としている。

左右に弾かれた薪は、小山のように積みあがっていった。

咲は目を背け、門の敷居をまたぎこえる。

慎十郎は動きを止め、首を捻(ひね)った。

「おや、お戻りですか」

左手に鉈をぶらさげ、満面に笑みを浮かべてみせる。

その顔があまりに眩しく、咲は無理にみまいとした。

「咲どの、一徹先生はおられませんよ」

「え」

「玄武館の千葉先生のところへ、何やらご用事があるとかで。夕餉はつくっておきましたので、ご心配なく」

「え」

「甘鯛のいいのがありましてね、刺身と蒸し焼きにしてみました。何と言っても、春先は鯛です。鯛も食わずに、うかうかと死ねぬでしょう」

喋りの調子が妙に可笑しいので、咲はくすっと笑ってしまった。

「おや、笑いなされた。咲どのがついに笑うた。あはは、これはめでたい。花が咲いたようだ。やはり、鯛のおかげだな」

咲は溜めていたものを一気に吐きだすように、腹を抱えて笑いだす。

涙まで流して笑いころげ、ふっと押し黙った。

「ど、どうなされた。咲どの」

慎十郎が鉈を握ったまま、大きなからだを寄せてくる。

むんとするような男の匂いを避けるべく、咲は半間（約一メートル）余りも飛び退いた。

「近寄ってはならぬ。調子に乗るのもほどほどにせよ」

「調子に乗ってなどおりませんよ」

「ならば、どうして鯛を買ったのです。丹波道場では、さような贅沢は許されぬ」

「たまには、よいではありませんか。一徹先生にもお断りしてのことです。自分の稼ぎで買うなら、鯛でも平目でも買うがいいと、先生はかように仰いましたよ」

咲は大きな目を、いっそう丸くする。

「ご自身の稼ぎで買われたのですか」

「えへへ。魚河岸で荷担ぎをやったら、半日でけっこうな稼ぎになりましてね。人足頭に気に入られ、鯛を安く頂戴できたというわけです。蛤のいいのも貰いましたから、そちらは吸い物にいたしましょう」

咲は呆れかえり、ことばも出てこない。

じつは、千葉周作から「おもしろそうなやつだから、少し置いてみてはどうだ」と打診されていた。

恩師のことばがなければ、疾うに追いだしている。

勝手に夕餉をつくったことは癪（しゃく）に障ったが、嬉しい気持ちがないと言えば嘘（うそ）になる。

ともあれ、お祖父さまにも困ったものだ。

こんなやつと向きあって、夕餉をとれとでもいうのか。

そもそも、お祖父さまは心を許してしまったのだろうか。

だとしたら、許すわけにはいかない。

持ち前の気丈さが頭をもたげ、咲は心に壁をつくった。

と、そこへ。

何者かが血相を変えて、躍りこんでくる。

「毬谷さま、毬谷慎十郎さまはおられませんか」

誰かとおもえば、与平という水茶屋の親爺だった。

敷居で足を引っかけ、顔から地べたに落ちていく。

鼻血を垂らし、息を切らしながらも、慎十郎の裾に抱きついてきた。

「おみよが、おみよが」

「落ちつけ。おみよがどうした」

「勘助の手下どもに、連れていかれました」

「何だと」

慎十郎は鈍を握りなおし、門の外へ飛びだした。

後先も顧みずに坂を上り、はっと気づいて中腹から戻ってくる。

「与平、おみよはどこにおる」

「黒門町の親分のところへ。とりあえず、そこで尋ねてみるしかありやせん」

「ようし、わかった」

慎十郎は不忍池にむかって、まっしぐらに坂を駆けおりていった。

咲は溜息を吐きながらも、放っておけない気分になる。

「与平どのと仰せか。悪党に娘御を奪われたのか」

「へ、へえ」

「わたしもまいりましょう」

「え、よろしいので」

足を縺れさせる与平を急きたて、咲は慎十郎の背中を追いかけた。

四

――ごおん、ごおん、ごおん。

寛永寺の鐘が、暮れ六つ（午後六時頃）の捨て鐘を三つ撞いた。

忍川に架かる三橋のそば、元黒門町に店を構える勘助一家には、喧嘩装束に身を固めた気の荒い連中がひしめいている。

「来やがったな、毬谷慎十郎」

敷居の中央から押しだしてきたのは、柿色鉢巻に襷掛け姿の勘助だ。

華美な拵えの大小と銀流しの十手を腰に差し、蟹股でよたよた近づいてくる。

「調べさせてもらったぜ。おめえ、ちょいと名の知られた道場荒しだってじゃねえか。だったら、こっちも遠慮はしねえ。お江戸の安寧を乱す野郎を、放っとくわけにゃいかねえんだ。十手持ちを虚仮にしたらどうなるか、へへ、たっぷりわからせてやるぜ」

「待て。おみよはどうした」

「さあな。小娘はおめえをおびきよせる餌だ。どうなろうが、知ったこっちゃねえ。おい、野郎ども、取りかこめ」

「おう」

下谷広小路は騒然となった。

三十人を超える手下どもは段平を腰に差し、突棒にさす股に袖がらみといった捕り方の三つ道具を揃え、なかには梯子(はしご)を持ちだしてきた者までいる。

行き交う人々は久方ぶりの大捕り物に色めきだち、遠巻きにして固唾(かたず)を呑んだ。

慎十郎の腰に大小はない。

手にぶらさげた鉈は、使う気もないので脇へ捨てた。

手下どもはじりっと囲みを狭め、勘助の合図を待っている。

「お待ちを。お待ちなさい」

囲みの外から疳高(かんだか)い声が響き、若衆髷(わかしゅまげ)の咲が手下の壁を割ってすがたをみせた。

「何だ、おめえは」

勘助が凄(すご)んでみせる。

咲は怯(ひる)まず、すたすたそばへ近寄った。

「腰に寸鉄も帯びていない相手ひとりにたいし、それだけの人数を掛けて恥ずかしくないのですか」

「あんだと。てめえ、丹波道場のじゃじゃ馬だな。そいつの助(すけ)っ人(と)をする気なら、おなごだろうが何だろうが、容赦しねえぜ」

「どちらに非があるのか、はっきりさせましょう。あなたは手下に命じ、おみよという水茶屋の娘を拐(かどわ)かさせた。ちがいますか」

「知らねえなあ。でえち、十手持ちが拐かしなんぞするはずはねえ」

「父親の与平さんがみております。嘘を吐くのですか」

「水茶屋の親爺の言うことと、お上の御用を与るおれの言うことと、町の連中はどっちを信じるとおもう。ふん、言いがかりをつけるめえに、拐かしの証拠をみせてみな。みせる証拠がねえなら、すっこんでろ。この小娘が」

「何だと」

憤慨する咲の肩を、慎十郎が後ろから優しく摑んだ。

「咲どの、かたじけない。されど、はなしてわかるような連中ではない。ここは任せてくれ」

「でも」

「助勢はいらぬ。丹波道場に迷惑を掛けたくない」

何か言おうとする咲のくちびるに指を当て、慎十郎はにっこり笑う。

咲は啞然として、立ちすくむしかない。

指の温もりと屈託のない笑顔が、全身に心地よい痺れをもたらしていた。

突如、勘助が吼えた。

「野郎ども、掛かれい」

一斉に段平が抜かれ、薄暗い広小路に蒼白い光が閃く。

「うおおお」

雪崩を打って攻めよせてくる敵を、慎十郎は両手をひろげて受けとめた。

段平を避け、突きだされた三つ道具をかいくぐり、牙を剝く連中に拳ひとつで突っこんでいく。

咲も与平も、遠巻きに見物する人々も、誰もが無謀だとおもった。

あれだけの人数を敵にまわして徒手空拳で闘えば、膾に斬り刻まれるだけのことだ。

なにせ、勘助は捕り物上手で知られている。

阿漕な男だが、それなりに悪党も捕まえてきた。

町奉行所の与力や同心からも、信頼を得ている。

お上の権威を後ろ盾にした勘助に、正面切って抗おうとする者はいない。

いるとすれば、事情を知らない田舎者か、命知らずの大莫迦者であろう。

だが、滅多にお目に掛かることのできない大莫迦者をみてみたいという欲求は、誰にでもある。しかも、そいつが強ければ、応援したくなるのが人の情というものだ。

固唾を吞んでみつめる見物人たちは、いつのまにか、声を大にして叫んでいた。

「やれ、やっちまえ。勘助をぶちのめせ」

気づいてみれば、ひとりのこらず、慎十郎の応援にまわっている。

咲は不思議な気分だった。

みているだけで、わくわくしてくるのだ。

隣の与平も、声を嗄らして慎十郎を応援している。

咲も腹の底から、声をあげたい衝動に駆られた。

——負けるな、毬谷慎十郎。

声援に後押しされ、慎十郎は鬼神のごとく暴れまわった。

石の拳を叩きこみ、丸太のような脚で蹴りつけ、傷を負ってもけっして立ちどまろうとはしない。

まるで、鋼鉄の鎧を纏った闘神のようだった。

勘助の背後には、幕府の権威という堅固な壁が聳えている。

慎十郎はその壁に向かって、微塵の恐怖も躊躇もみせず、まっしぐらに突きすすんでいった。

髪を逆立て、大声で威嚇し、刃向かう者だけを確実に仕留めていく。

瞬きのあいだに、敵の数は半減してしまった。

眺めている者たちにとって、これほど痛快なものはない。

慎十郎のすがたは雄々しく、人々に感動すら与えていた。

やがて、怪我人の悲鳴が錯綜するなか、誰ひとり襲ってこなくなった。

得物を捨てて、逃げだす者さえいる。

そしてついに、勘助ひとりだけが残された。

阿漕な十手持ちは、背中に冷たい汗を掻いている。

生傷だらけの慎十郎が身を寄せると、両膝をがっくり落とし、身を震わせながら、命乞いをしはじめた。

「こ、このとおりだ……い、命だけは助けてくれ」

広小路には、鈴生りの人垣ができている。

にもかかわらず、異様なまでの静けさに包まれていた。

誰もが、慎十郎の出方を見守っている。

お上の権威を平気で砕いてみせた男の発することばを一言一句聞き漏らすまいと、耳をかたむけているのだ。

咲も例外ではない。

慎十郎の迫力に圧倒されつつ、とことん悪に刃向かおうとする心根を男らしいと感じていた。

「勘助を殺っちまえ」

誰かが叫んだ。

心無いことばに同調した怒声がつづき、人垣はざわめいた。

慎十郎は黙って群衆をみまわし、悲しげな顔をしてみせる。

咲はそばまで駆けていき、抱きよせてやりたいとおもった。

闘神は何処かへ去り、世間知らずの若者がぽつんと佇んでいる。

「どうした、殺らねえのか」

世間の声はときに冷たく、残酷で、無責任きわまりない。

戸惑う慎十郎の隙をとらえ、勘助が息を吹きかえした。

「へへ、詰めの甘さが命取りになるぜ。さあ、どうする」

慎十郎は促され、小首をかしげた。

「おぬしの命をとる気はない。知りたいのは、おみよの行方だ」

「そいつを喋ったら、何もしねえと約束するかい」

「約束しよう」

「よし、教えてやる。あの小娘は醤油問屋の若旦那にくれてやった」

「若旦那は、今どこにいる」

「たぶん、吉原だろうな」

京町一丁目の『緋扇屋』に馴染みの花魁がおり、たいていはそこにしけこんでいるらしい。

「卯太郎のやつは、もう安房屋の若旦那じゃねえ。愛想もこそも尽き果てた大旦那の長兵衛が明日にも親族を集め、久離を切ると告げるそうだ」

「それなら、どうして、おみよを拐かした」

「だから、言ったろう。おめえをおびきよせる餌だって。若旦那は餌を欲しがった。おみよを緋扇屋に売っぱらい、たまりにたまった払いの足しにするそうだ」

「何だと」

「帳外者にうま味はねえが、このさき、勘当が解けるってこともある。だから、今から恩を売っておく。それが身過ぎ世過ぎってもんだ」

「許せぬ」

慎十郎は拳を固め、勘助の頬を撲った。

ぼこっという鈍い音とともに、鼻血が散る。

「ぬへへ、撲りゃいいさ。ほれ」

阿漕な十手持ちは顔を突きだし、したたかな笑みを浮かべた。

「おめえみてえな真っ正直な男にゃわからねえだろうがな、世の中、きれいごとだけじゃ生きていけねえ。おれがここまで成りあがったのも、良心てやつを臭えどぶに漬けこんできたからよ」

勘助は、折れた歯といっしょに血痰を吐いた。

「おみよを助けてえなら、急いだほうがいい。売られちまったあとは、容易に取りけえせねえぜ。吉原ってな、そうしたところよ。おれたち十手持ちの手もおよばねえ。大門の向こうにゃ、深え闇が口を開けて待っていやがるんだぜ」

「深い闇」

「へへ、まんがいち、おみよを取りけえすことができたら、一目置いてやるよ。ま、せいぜい、気張るんだな」

慎十郎は振りむき、耳が痛くなるほどの大声をあげた。

「咲どの、頼みがある。吉原まで案内してくれ」

人垣が一斉にどよめき、嘲笑する者たちまで出てくる。

咲はどうしてよいかわからず、立ちつくしてしまった。

五

浅草寺の裏門を抜けて土手八丁の日本堤を駆けぬけ、大きな見返り柳のさきで左手に曲がる。衣紋坂と称する三曲がりの緩やかな坂を下るころには、すっかり辺りも暗くなっていた。

「おお」

忽然とあらわれた豪壮な冠木門のまえで、慎十郎はおもわず驚きの声をあげた。

「これが、吉原の大門か」

はなしには聞いたことがある。江戸にはこの世のものともおもえぬ夢のようなところがあると、参勤交代で龍野に戻った番士たちが鼻の下を伸ばしながら自慢していた。

そのはなしをおもいだすだけで、慎十郎は高まる動悸を抑えきれない。

大門の向こうには数多の光が渦巻いており、不夜城の名を冠された日の本一の遊郭が奥の奥までひろがっている。

「さあ、まいりましょう」

慎十郎は咲に背中を押され、ぎこちなく歩きだす。

女人の出入りは禁じられているため、咲は頭巾をすっぽりかぶっていた。

大門の右端には四郎兵衛会所があり、強面の連中が鋭い眸子を光らせている。

与平も入れた三人は、まんまと大門を通りぬけ、仲の町へと繰りだしていった。

南北を貫く仲の町大路は全長百三十五間もあり、北端に聳える火の見櫓が遥か遠くにみえる。弥生になれば、大路のまんなかに植えこみが築かれ、桜が何本も植えられるという。左右に連なる引手茶屋の軒という軒には、無数の鬼簾と花色暖簾が閃いていた。

「すごいな」

何もかもが華やいでみえる。

往来を行き交う遊客は、富裕そうな町人から貧乏侍まで、ありとあらゆる階層の男たちだ。遊び方も懐中ぐあいに応じてぴんきりで、馴染みの客には声が掛かり、若い者や文遣いの禿が近づいてくる。引手茶屋の表には畳敷きの揚縁が張りだし、煌びやかに装った遊女たちがすまし顔で座っていた。

「おほっ、仲の町張りだ」

遊女に「浅葱裏」と嘲笑される田舎侍が、嬉しそうに叫んだ。

浮かない顔の咲をよそに、慎十郎は瞳を爛々と輝かせている。

与平は若い時分に訪れたことがあるらしく、懐かしそうな素振りもみせたものの、拐かされた娘のことが心配で景色を楽しむ余裕もない。

仲の町を挟んですぐ右手は江戸町(えどちょう)一丁目、そのさきは揚屋町(あげやちょう)に京町一丁目。一方、左手は伏見町(ふしみちょう)で、そのさきは江戸町二丁目に角町(すみちょう)、さらにそのさきは京町二丁目。数えれば七丁になるが、むかし日本橋にあったころからの習いで五丁町と呼ばれている。繁華な五丁町の内に、吉原を代表する楼閣風の遊女屋はあった。

左右の横道に曲がってみると、三味線箱を抱えた箱屋や食べ物売りが行き交い、遊女屋で働く若い者たちも忙しそうに飛びまわっている。幅三間弱の道には天水桶(てんすいおけ)とたそや行灯(あんどん)が点々と配され、紅殻(ベンガラ)格子の遊女屋がずらりと軒を並べていた。

紅殻格子の向こうを覗けば、鳳凰(ほうおう)や鶴亀の描かれた金色の壁を背にして、派手な色柄の衣裳(いしょう)を纏(まと)った遊女たちが張見世をおこなっている。

素見(ひやかし)の客には目もくれない。

伊達(だて)兵庫に結った髪を鼈甲(べっこう)の簪(かんざし)や櫛笄(くしこうがい)で飾りたて、笹色紅の口で朱羅宇(ラウ)の煙管(キセル)を悠然と燻(くゆ)らしながら、流し目を送ってくる。

「眩(まぶ)しすぎて目もあけられぬ」

慎十郎は顔に格子の形を付け、咲から呆れられた。

「いったい、何をしに来たのです」

「忘れてはおらん。おみよを救いにきたのだ」

「それなら、一刻も早くお見世を探しましょう」

三人は京町一丁目の横道に踏みこみ、表の全面に紅殻格子を設えた『緋扇屋』を探した。

「あった。ここだ」

与平の導きで表口へ向かうと、床几のうえから店番の妓夫に呼びとめられる。

「お武家さま、お腰のものを預からしていただきやす」

刀を帯びているのは、咲しかいない。

呼ばれて戸惑ったものの、大小を預けて廓へ揚がるのは常識なので、したがうしかなかった。

暖簾を潜ると、そこは昼間のような明るさだった。

一階は大広間で、天井からは八間がぶらさがっている。

御神酒徳利の供えられた荒神棚のしたには、大きなへっついがふたつ並び、煮たった大釜のそばでは料理人が胡麻を擂ったり、鮮魚をさばいたりしていた。

畳に目をやれば、幼い禿たちが茶を運び、遊客どもは衣擦れとともにあらわれる遊女の値踏みに余念がない。そうかとおもえば、屛風で仕切った二階の廻し部屋から、あられもない声が聞こえてくる。

　咲は身のおきどころに困った様子で、頭巾も外さずにじっと佇むしかなかった。

　慎十郎と与平がきょろきょろしていると、鮪のように肥えた年増が内証から眉の無い顔を覗かせた。

「お大尽さま、よい妓でもみつくろいましょうか。わたしは緋扇屋の女将で、たまと申します。ふふ、肝っ玉のたまですよ」

　女将は愛想笑いを浮かべ、三人の風体を爪先から頭のてっぺんまで素早く眺めた。きちんとした扮装の咲がいちばんの上客と読み、咲に向かってはなしかけてくる。

「お武家さま、頭巾をお外しになったらいかがです」

「いや、よいのだ」

「そうですか。ま、お顔を隠したいご事情がおありなら、いっこうにかまいませんけどね」

　女将は咲から目を離し、慎十郎に艶めいた眼差しを向けてきた。

「あら、そちらはずいぶん大きな色男だこと。でも、お召し物が何やら野良着のようでござんすね。もしかして、山奥の杣小屋からお越しですか。おほほ」

「莫迦にするのか。これでも歴（れっき）とした武士だぞ」

「うふふ、それはどうも、失礼いたしました」

女将は帯に挟んだ扇を抜き、ぱっとひろげた。

色鮮やかな緋色の扇にたじろぎつつも、慎十郎は怒ってみせる。

「人を見掛けで判断するとは、怪（け）しからぬな」

「そうは仰（おっしゃ）いますけど、見掛けのほかに判断のしようもござんせん。緋扇屋は五丁町のなかでも特上の大見世なんですよ。お履き物を脱いで、とんとんと二階にあがっただけでも、小判三枚は消えちまいます。脅かすわけじゃござんせんが、大籬（おおまがき）の二階座敷に揚がる心構えだけは、きちんと教えてさしあげないとね」

慎十郎はみずからを落ちつかせ、ずいと一歩踏みだした。

「女将さん、ちと尋ねたいことがある」

「はい、何なりと」

「下谷広小路の醤油問屋、安房屋は存じておろう。若旦那の卯太郎が、ここでとぐろを巻いておるはずだ」

「とぐろを巻くだなんて、ずいぶんな物言いですこと。若旦那のお知りあいですか。それとも、五両一（ごりょういち）の手下か何か」

「五両―」

「貸金五両について月の利息が一分、高利貸しのことでござんすよ。若旦那はそこいらじゅうからお金を借りまくり、うちで湯水のように使っちまうんです。梅千代っていう昼三に入れあげちまってねえ。お金のあるうちはよかったけど、近頃じゃ揚げ代の払いも滞るようになって。もちろん、ご実家の後ろ盾がおありだから文句は申しません。けど、あそこまで酒に溺れちまうと、ちょいと考えなくちゃならない。久離を切られてからでは、遅うござんすからね」

慎十郎は、片眉を吊りあげた。

「女将、久離を切られたら、どうする気だ」

「顔に墨でも塗って、丸裸のまま叩きだしてやりましょうかね。うふふ」

「さんざん金を使わせておいて、それはなかろう」

「しゃらくせえ。金の切れ目が縁の切れ目、それが吉原の約束事なんだよ」

裾を捲って見事な啖呵を切られ、慎十郎は「ほう」と感心してしまう。

「女将、しゃらくせえとは、どういう意味だ」

「知らないよう。それより、おまえさん、何か用事があるんだろう」

「おう、そうであった。若旦那のことはどうでもよい。そやつ、おみよという十五の娘を連れてこなかったか」

「ええ、お連れになりましたよ。揚げ代の足しにしろと横柄に言いはなち、小娘を寄こしたんです」

「揚げ代の足しか」

「自分に惚れている娘だから、どうとでもしてくれと仰ってね。肝心の娘は貝のように口を閉じ、ひとことも喋りゃしません」

身を売ってもかまわないんだねと念押しすると、おみよは何もかもあきらめたような顔で、泣きもせずに頷いたという。

「まことか、それは」

「ええ。大門を潜った娘はたいてい、魂の抜け殻みたいになっちまうんだ。連れてきたのが女衒じゃなかったってだけのはなしでね」

「おみよは、女将のところにおるのだな」

「知りあいの置屋に預けましたよ。ふふ、あの娘、磨けば光る上玉です」

「女将、ようく聞いてくれ。おみよは悪党どもに拐かされて、ここに連れてこられたのだ。今すぐ返してくれぬか」

「ほほ、ご冗談を」

「冗談ではない」

女将は揺らした緋扇をぱちっと閉じ、やにわに口調を変えた。

「いいかい。あの娘はね、もう買われちまったんだよ。この吉原で二十七まで働き、借金を返すしかないんだ」

「待て。それは醤油問屋の莫迦たれがつくった借金であろうが。おみよは若旦那とは何の関わりもない、赤の他人だぞ。ほれ、そこに立っておるのが父親の与平だ。下谷御成街道で水茶屋を営んでおる。おみよは水茶屋の看板娘でな、与平のたったひとりの愛娘だ。幼いころに母を亡くし、男手ひとつで育てられたのだぞ……うう、くそっ、喋っておるだけで泣けてくる。なあ、女将、おみよを与平に返してやってくれ」

慎十郎は大粒の涙を零し、深々とお辞儀をしてみせる。

与平は隣で貰い泣きをし、咲も目を赤くさせて俯いた。

洟まで垂らす大男のことを、女将は呆れ顔でみつめている。

「おやおや、本気で泣いちまったよ。でもね、旦那。どんな事情がおありでも、いったん買わせてもらった娘を返すわけにはいかない。そんなことをしたら、ほかの娘たちへのしめしがつきやしない。可哀想な娘は、おみよだけじゃないんだよ。吉原には三千人からの遊女がいてね、ひとりとして幸福な娘はいないのさ」

慎十郎は洟を啜り、女将の袖を握ろうとする。

「なあ、頼む。このとおりだ」

「うえっ、汚い。袖に触れたら人を呼ぶよ」

「それなら、どういたせばよいのだ」

困りはてる慎十郎に向かって、女将は小狡そうな顔をつくる。

「ふふ、身請代を払うってなら、はなしは別ですよ」

「いくらだ」

女将は指を動かし、算盤を弾くまねをする。

「三百と五十両」

「さ、三百と五十両」

仰天する慎十郎を、女将は鼻で笑った。

「若旦那の揚げ代だよ。滞ったぶんをひっくるめれば、こんなものじゃない。けど、おまえさんは色男だから、半分にまけといてあげる」

「何だと、この」

「おっと、腕ずくでくるのかい。うちの忘八は五丁町の肝煎りだよ。四郎兵衛会所の強面連中も意のままさ。わたしの背中にゃ、千人からの若い衆が控えているんだ。それでも、やるってのかい」

女将と慎十郎は顔を寄せ、血走った眸子で睨みあう。

と、そこへ。

番台の妓夫が飛びこんできた。

「女将さん、てえへんだ。醤油問屋の若旦那が嫌がる梅千代花魁の手を引っぱり、仲の町大路へ繰りだしやがった」

「何だって」

「若旦那はしたたかに酔っておられやす。歩くのもおぼつかねえご様子で」

「莫迦野郎、屑（くず）、すかたん、ぐずぐずしてんじゃねえ。花魁を奪いかえすんだよ」

怒声を張りあげる女将につづき、慎十郎たちも外へ飛びだした。

六

若旦那の卯太郎は、とんでもないところにいた。

北端に聳（そび）える火の見櫓のてっぺんによじ登り、遥かな高みから五丁町を見下ろしているのだ。

「絶景かな、絶景かな」

阿呆のように叫んでいるところから推すと、酔いはまだ醒めていないようだ。

かたわらで肩を抱かれた梅千代はうなだれ、乱れた長い黒髪を風に靡かせている。

櫓を支える柱の高さは三丈（約九・一メートル）にもおよび、横風を受けて倒壊しないように外壁は外してあった。骨のような木組みのなかに梯子が一本直立しており、外から眺めても人が登っていく様子はたちどころにわかる。

てっぺんに据えられた櫓は腰高の板を四方に張っただけの狭い箱で、黒い板葺きの屋根が付いていた。

卯太郎は櫓から顔を差しだし、板木を木槌で狂ったように叩きだした。

定火消との区別をつけるために、半鐘ではなく、欅の板木が吊されている。

――からんからん、からんからん。

見世という見世から、客や奉公人や遊女までが飛びだしてくる。

すわっ、火事だと出てきてみれば、とんでもなく面白そうなことになっていた。

「うわああ」

櫓の下には大勢の野次馬が集まり、悲鳴とも歓声ともつかない声をあげている。

「誰か、誰か、花魁を助けておくれ」

女将のおたまは髪を振りみだし、般若の形相で叫んでいた。

連れさられた梅千代は、七つの禿から丹精込めて育てあげ、十余年経ってようやく一人前の花魁になった娘らしい。これからは見世の看板を張ってもらおうと、期待していたやさきだけに、女将としてはどんな手を使ってでも救いだしたいようだった。

「あの娘にゃ何百両もの元手が掛かってんだよ。誰か、誰か、助けておくれ」

四郎兵衛会所の強面連中も駆けつけてきたが、みな、口をあんぐり開け、櫓を見上げるしかない。

櫓の背後は下水の集まる水道尻なので、糞尿の臭いが漂っている。

だが、臭気を気にする者はいなかった。

昏い空には、龍のような群雲が流れている。

櫓の手前に立てられた火伏せの秋葉権現を祀る常燈明が、今にも消えてしまいそうなほど揺れていた。

「おい、危ねえぞ」

強い横風に煽られ、櫓を支える柱が軋みあげている。

櫓のうえでは、花魁のはだけた着物が錦の旗のようにたなびいていた。

卯太郎の左手首と梅千代の右手首は、細い腰紐できつく結ばれている。

引きずるようにして梯子を登ったのであろうが、よくもあれだけの高みまで登りつめたものだと、誰もが感心していた。

下からは龕灯がいくつも照射され、櫓がくっきり浮かびあがっている。

なにやら、大仕掛けの興行でもみせられているようで、見物人たちはどことなく楽しげにみえた。

「冗談じゃないよ。誰か、花魁を救っておくれ」

女将のおたまは、涙目で訴える。

四郎兵衛会所の若い衆が業を煮やし、尻をからげて梯子に取りつこうとした。

「来るな」

卯太郎が怒鳴り、木槌を抛りなげた。

懐中に手を突っこみ、匕首を抜きはなつ。

「きゃああ」

九寸五分（約二十九センチメートル）の白刃が光り、梅千代が悲鳴をあげた。

「来るな。殺るぞ。本気だかんな」

もはや、正気ではない。

会所の連中も、手を出しあぐねた。

「誰か、誰かいないのかい。あの物狂いを、どうにかしとくれ」

懇願する女将の面前へ、咲が一歩踏みだした。

「わたくしがまいりましょう」

頭巾をはぐりとるや、周囲の連中がはっと息を呑む。

「ご覧のとおり、わたくしは女です。卯太郎も油断いたしましょう」

女将は生唾を呑み、会所の強面どもに目をくれる。

繰りかえすようだが、吉原は女人禁制。禁を犯した者は、厳しい仕置きを受けねばならない。しかし、事情が事情だけに、強意見を口にする野暮天はいなかった。

肝っ玉の据わった女将も、さすがに戸惑いの色を隠せない。

「おまえさんの俠気はありがたいけど、お願いしても大丈夫かい」

「体術にはおぼえがあります。いざとなれば、卯太郎ひとりを櫓から抛りなげてみせましょう」

「ほ、ほんとうかい」

「ただし、卯太郎が死なずに戻ってきたら、仕置きはしないとお約束ください。そうでないと、説得できません」

「わかったよ。忘八が帰ってきたら、かならずそうさせる。気の荒い連中には指一本触れさせやしない」

「ありがとう。それからもうひとつ、お願いがあります」

「何だい。花魁を助けてくれたら、どんなことでも聞くよ」

「では、おみよという娘を、父親のもとへお返しください」

「え」

「お約束を守っていただけるというなら、この一命に賭けても、花魁を救ってさしあげましょう」

「い、一命に賭けてもかい」

女将は涙ぐみ、深々と頭を垂れた。

「どうか、どうか、お願いいたします」

火の見櫓の根元へ向かう咲を、慎十郎が呼びとめた。

「咲どの、すまぬ。助勢したいのは山々だが、拙者、高いところが苦手でな」

「苦手でなくても、あなたが近づいただけで、はなしはこじれます。花魁が上から落ちたときは、下で受けとめてください」

「承知した。花魁を助けてやってくれ」

「お任せを」

咲はぽんと胸を叩き、梯子に取りつくや、するすると登りはじめた。

まるで、猿のようだ。

「おお」

驚きは歓声に変わり、咲は大勢の声援に後押しされるかのように、櫓の真下まで登りつめる。

櫓の床には穴が開いており、そこから顔を覗かせることができた。

「来るな、来るな」

卯太郎は慌てふためき、咲を蹴落とそうとする。

そのたびに櫓は軋みあげ、左右に大きく揺れた。

「おやめなさい」

「うるせえ。武家のおなごが何しに来やがった」

「おふたりを助けにまいりました」

「余計なお世話だ。おれは今から死ぬ。どうせ、勘当される身だ。生きていたって、ろくなことはない。こいつを道連れに死んでやる」

梅千代は声もあげられず、泣きながら首を横に振る。

物狂いに関わってしまった不運を嘆いているのだろう。

咲はひらきなおった。

「どうぞ、おやりなさい。この高さから落ちたら、豆腐みたいに潰れるでしょうけど」

「と、豆腐」

「ええ、そうです。頭はかち割れ、脳味噌が噴きだし、腹は破れ、臓物がはみだすでしょう。さあ、奈落の底をご覧なさい。みっともないあなたの屍骸が、あれだけの人の目に晒されるのですよ」

「げっ」

卯太郎は息を呑み、櫓の縁から腰を引いた。

我に返った途端、死への恐怖が迫りあがってきたのだ。

ここぞとばかりに、咲はたたみかける。

「素直にしたがえば、あなたの犯した罪は水に流してくれるそうです」

「ほ、ほんとうか」

「緋扇屋の女将さんがお約束してくれました。俠気で売る女将さんのことです。嘘は吐かれますまい」

卯太郎は、しゅんとなった。

もはや、陥落したも同然だ。

ほっと、咲は安堵の溜息を吐いた。

刹那、櫓の横板が破れ、寄りかかっていた梅千代のからだが滑りおちた。

「うわっ」

手首の繋がった卯太郎も、つられて倒れこむ。

梅千代は気を失い、右手一本で藁人形のように縁からぶらさがった。

細紐で結んだ卯太郎の左手首に、花魁の重みがもろに掛かってくる。

「こ、こんちくしょう」

卯太郎は腹這いになり、匕首で紐を切りはじめた。

「おやめなさい。何をする」

咲の叫びも虚しく、ぶつっと紐が切れた。

「あっ」

下の連中が悲鳴をあげる。

真っ逆さまに落ちる人影を、誰もが脳裏に浮かべた。

しかし、梅千代は落ちてこない。

紐の切られた右手首を、咲が左手でしっかり握っていた。

右手は梯子を握っているので、下へ降りることもできない。

梅千代は痩(や)せていたが、着物を何枚も重ねているせいか、ずっしりと重かった。

咲の左手に掛かる負担は、想像以上のものだ。

助けを請おうにも、卯太郎は破れた櫓の端に座り、ぶるぶる震えている。

自分のしでかしたことの重大さに、今ごろになって気づいたのだ。

しかも、気持ちが悪くなって嘔吐(おうと)しはじめる。

まったく、使いものにならない男だ。

「うっ」

重みに耐えかね、腕が震えてきた。

梅千代が目を醒ます。

「きゃああ」

突如、悲鳴をあげ、じたばたもがきだした。

「動かないで」

咲は、ぎゅっと手に力を込める。

「左手を伸ばして、梯子を摑むのよ」

「で、できません」

梅千代はぶらさがったまま、泣きべそを掻いた。

「手も足も動かないんです」

「やってみて。あなたの命が掛かっているの」

咲に鼓舞され、梅千代はためそうとする。

だが、できそうにない。

「堪忍して。もう、だめ」

咲は口をへの字に曲げ、目を瞑った。

丸い額には、玉の汗が浮きでている。

花魁の重みにくわえて、横風がきつい。

痺れた手の感覚さえ、遠のいていった。

「これまでか」

あきらめかけた瞬間、ふわっと身が軽くなった。

「あ」

足許に目をやると、梅千代が大男の左腕に抱かれている。

慎十郎であった。

「咲どの、助勢にまいった」

「え。あ、ありがとう」

「登ったはよいが、降りられぬ」

「どうして」

「言ったろう。高いところは苦手だと」

下から、大勢の声が聞こえてきた。

「飛びおりろ、そこから飛びおりろ」

見下ろせば、信じられない光景がひろがっている。

大路のまんなかに、蒲団が何十枚も積みあげられていた。

吉原じゅうの若い者が蒲団を掻きあつめ、客たちも手伝って山と積みあげたのだ。

「飛ぶんだ。一、二の三で、ここに飛ぶんだよ」

女将のおたまも、両手をひろげている。

「南無三」

慎十郎が念仏を唱えた。

横風に飛ばされるかのように、三人は宙へ抛(ほう)りだされる。

「うわああ」

慎十郎の叫びが消えた。

と同時に、咲は背中に軽い衝撃を受けた。

起きあがってみると、蒲団のうえにいる。

慎十郎と梅千代も、蒲団のうえに身を起こした。

「やった、やったぞ」

周囲から、嵐のような拍手と歓声が沸きおこる。

若い者たちは衰弱した梅千代を戸板に乗せ、急いで運んでいった。

四郎兵衛会所の強面どもを背に引きつれ、女将のおたまが懐手で近づいてくる。

黙って対峙(たいじ)する慎十郎と咲のかたわらには、与平が憔悴(しょうすい)したような顔で佇んでいた。

女将は足を止め、ぎろりと睨みつけてくる。

「吉原ってところは、おめえさんたちが考えているほど甘(あめ)えところじゃねえ。ただし、いったん口にした約定を破ったら、誰にも信用してもらえなくなる。信用を失ったら、客商売は仕舞いさ。ふふ、咲さんとか仰ったね。おまえさんの勇気にゃ、恐れ入谷の鬼子母神(きしもじん)だよ」

女将が懐手を解くのを合図に、会所の連中が左右に分かれた。

分かれたさきに、地味な着物を纏(まと)った十五の娘が立っている。

「おみよ」

与平が叫んだ。

「おとっつぁん」

おみよも叫び、走りだす。

ふたりはひっしと抱きあい、涙を流した。

大勢の野次馬から、啜り泣きが聞こえてくる。

咲も貰い泣きしながら、かたわらを見上げた。

「くう……うう」

慎十郎はだらしなく口をあけ、嗚咽（おえつ）を漏らしている。

こいつ、涙の量が多すぎる。

咲はそうおもいつつ、知らぬまに微笑んでいた。

与平は泣き腫（は）らした目で振りむき、何度もお辞儀をする。

「おうい、こっちも助けてくれえ」

櫓の上では、卯太郎が叫んでいた。

「あの莫迦、まだてっぺんにいやがる」

人垣は笑いで包まれた。

女将も強面の連中も、泣きながら笑っている。

そうしたさなかへ、酒に酔った侍の一団があらわれた。

「けっ、とんだ茶番をみせられたぜ」

太い声を発する巨漢には、みおぼえがある。

たしか、岩城権太夫と抜かしたか。

下谷御成街道の往来で痛めつけてやった旗本奴にほかならない。

岩城の背後には、得体の知れない男が控えており、水道尻一帯を凍りつかせるほどの殺気を放っていた。

七

その男は手足が異様に長く、細身のからだに花魁の派手な花柄の着物を羽織り、華美な拵えの大小を腰に差していた。面長の顔は蒼白く、蛇のような眸子には狂気を宿しており、紅でも指しているのか、唇（くち）もとがやけに紅い。

傾奇者（かぶきもの）かと、慎十郎はおもった。

「さ、笹部右京之介」

かたわらの咲が、声を震わせる。

右京之介と呼ばれた男は歩きながら、ちらりと目をくれた。

「ほほう、誰かとおもえば、丹波一徹の孫娘か。こんなところで何をしておる」

「おぬしなんぞに答えたくもないわ」

「ふふ、あいかわらず、気丈な娘だな。爺さまはまだ生きておるのか。わしに背中を斬られて、道場をたたんだと聞いたが」

「黙れ、下郎」

咲が吐きすてるや、笹部の取りまきどもが刀に手を掛けた。

「無礼者め」

岩城権太夫が怒声を発し、三尺の刀をずらりと抜きはなつ。

「三千石取りのご大身に向かって、下郎とは何だ。斬りすててくれる」

人垣は騒然となり、野次馬どもは蜘蛛の子を散らすように逃げだした。

右京之介が、激昂する岩城を制する。

「待て、権太夫」

「されど、若殿」

「よいよい。言わせておけ。おなごのたわごとじゃ」

「はあ」

　岩城は渋々ながらも、刀を納めた。

「興醒めじゃ。丁子屋で呑みなおそうぞ」

　右京之介はからからと笑い、こちらに背を向けた。

　放っておけばよいのに、慎十郎が呼びとめる。

「おい、待たぬか」

　右京之介は足を止め、ふわっと首をかたむけた。

　背筋がぞくっとするような妖気を感じつつも、慎十郎は食ってかかる。

「おぬし、師匠の背中を斬ったのか」

「何者だ、おまえは」

「姓は毬谷、名は慎十郎。丹波一徹の愛弟子よ」

　咲はきっと睨みつけたが、慎十郎は気にしない。

「師匠の背中を斬られたとあっては、黙っていられぬ。そもそも、背中を斬るとは言語道断、武士にあるまじき所業だ」

「若僧。威勢だけはいいな」

　右京之介のそばに岩城が身を寄せ、何やら囁いた。

　おおかた、痛めつけられた一件を告げたのだろう。

「なるほど、権太夫を手玉に取ったのか。少しは剣におぼえがあるらしい。ふふ、ちと遊んでやるか」

花柄の着物をひるがえし、右京之介は鯉口(こいぐち)を切った。

鞘走(さやばし)った刀を地擦りの青眼から右八相に持ちあげ、円を描くように青眼に戻す。

たったそれだけの仕種(しぐさ)であったが、慎十郎の目には刀が七本に分かれてみえた。

咲がつぶやく。

「あれは七曜剣(しちようけん)」

「七曜剣」

「北辰一刀流の奥義です」

完璧(かんぺき)に使いこなせるのは、流派を率いる千葉周作と定吉の兄弟のみと言われている。

それほどの秘技を、会得しているというのか。

「ふふ、まいるぞ」

右京之介は土を蹴(け)り、あっというまに二間の間合いまで迫った。

「ずえい」

中段から繰りだされた刃風が、鼻面を舐(な)める。

「ぬっ」

慎十郎は胸を反らし、どうにか躱(かわ)した。

いや、躱しきれない。

胸に痛みをおぼえた。

右京之介の一刀は襟元を断ち、胸の薄皮を裂いていたのだ。

慎十郎は身構えたが、二撃目の繰りだされる気配は無い。

右京之介はゆっくり刀を納め、口端を吊(つ)って笑った。

「よう躱したな」

「そっちが本気なら、殺られておったさ」

「いいや。見込みより、一寸(いっすん)浅かった。わしの胴斬りを躱すには、瞬時に間合いを見切る眼力と胆力がいる。そのふたつを兼ねそなえるには、天賦の才と鍛錬の積みかさねが必要だ。おまえには、その両方があるのかもな」

「そんなことより、なぜ、一徹先生の背中を斬った」

「丹波一徹はわしを愚弄(ぐろう)し、背を向けたのだ。別段、背中でなくとも斬ることはできたが、後ろ傷の恥辱を与えるために、敢えて斬った。わしにはそれができる。背中を向けた者であっても、丸腰の者であっても、躊躇(ちゅうちょ)なしに斬ることができるのさ」

「やはり、おぬしは下郎だな」

「ふふ、何とでも呼ぶがいい」

右京之介はひとしきり笑い、ぐっと三白眼に睨みつけてくる。

「おまえ、人を斬ったことがあるか……ふふ、ないな。目をみればわかる。なぜ、人を斬らぬ。何のために、真剣を腰に帯びるのだ」

ためらいもなく、慎十郎はこたえた。

「それは、武士だからさ」

「ふほっ、武士ならば、飾りでも刀を帯びねばならぬのか」

「そうだ」

「戯(ざ)れ言(ごと)を抜かすな。刀の真価は使ってこそ問われるもの。刀を使う者の真価も、人を斬らねばわからぬ。板の間の剣法をどれだけ学んだところで、真剣の一刀にはおよばぬということさ」

「本物の武士とは、やたらに真剣を抜かぬもの。真剣を抜くとき、それは武士の誇りを賭けて闘うとき、それ以外に抜く必要はない」

「誰に教わった」

「父だ」

「可哀想にな。生半可な父親の教えを金科玉条(きんかぎょくじょう)のごとく携えているかぎり、さきはないぞ。武士の沽券や矜持など、糞食らえだ。強ければそれでいい。強い者だけが生きのこる。それが世のことわりだ」

慎十郎は歯軋りをしながら、応じることばを探しあぐねた。

無論、納得はできない。

だが、笹部を説きふせるだけのものは今の自分にない。

名状しがたい口惜しさと怒りが、腹の底に渦巻きはじめる。

「くふふ、いずれ、おまえとはやりあわねばならぬやもしれぬ。そう遠くない日にな」

右京之介は踵を返し、派手な着物の裾を靡かせながら去っていった。

咲がそばに身を寄せ、傷を負った胸に晒し木綿を巻こうとする。

「届きませぬ。屈んでください」

「すまぬ。咲どの……うっ」

「痛みますか」

「いや、ちと縛りがきつい」

「我慢なされませ」

咲の甘い吐息が、傷の疼きを癒してくれる。

だが、右京之介への怒りはおさまりそうにない。

「咲どの、どうして、あいつを放っておくのだ」

「理由を聞いて、どうなります。あんなやつ、相手にしてはいけませんよ」

咲に釘（くぎ）を刺されても、慎十郎の気持ちは激しく波立つばかりだ。

顔もからだも怒りのせいで、茹（ゆ）で海老（えび）のように火照っていた。

八

龍野藩下屋敷内、赤松家別邸。

石灯籠（どうろう）のしたに落ちた椿の花が、真夜中の雨に打たれている。

横目付の石動友之進（いするぎとものしん）は赤松豪右衛門に呼びつけられ、濡（ぬ）れ縁（えん）の端にかしこまった。

「源信から文があった。あやつ、生きておったらしい」

「は」

「さすが、伊賀（いが）の忍びよ。報酬ぶんの仕事はきっちりこなす」

「恐れながら、文には何と」

「播磨屋の蔵を襲った輩（やから）の素姓が明記されておった」

「お聞かせください」

「まあ、急くな。部屋に入れ」

豪右衛門は障子を開け、有明行灯のほうへ歩みよる。

そこには丸火鉢が置かれ、炭が赤々と熾きていた。

友之進は両手で障子を閉め、六畳間の隅に正座する。

豪右衛門は褞袍を羽織り、丸火鉢に両手を翳した。

「もそっと近う」

「は」

膝で躙りよったさきには、温気がわだかまっている。

「降る雨は春雨じゃが、まだまだ江戸は寒い。瀬戸内の暖かい海風が恋しゅうてかなわぬ。どうじゃ、おぬしは」

「江戸詰めになって三年余り、かたときも故郷を忘れたことはござりませぬ」

「さもあろう」

友之進は足軽の家に生まれながらも、持ち前の利発さと剣の技倆を認められ、江戸家老直属の用人に抜擢された。

ただし、出世の道がひらけたのは、本人の資質や力量というよりも、恩師の推挙による。

恩師とは、毬谷慎兵衛にほかならない。

友之進は幼いころより、円明流を教える毬谷道場に入門し、毬谷三兄弟に匹敵するほどの実力を培った。ふたつ年下の慎十郎とは鎬を削った仲でもあり、何かと対抗心を燃やしていたが、今となってみれば過去のはなしだ。

「故郷の母君はご健在か」

「はい」

「母ひとり子ひとりのおぬしを江戸に留めおき、心苦しゅうおもうておる」

「もったいないおことばにござりまする。されど、拙者ごときに御心を砕かれますな。ご家老直々に命を頂戴できることこそ望外のしあわせ、死ねと言われれば死んでもみせましょう。それで武士の一分が立つならば、母も誇りにおもうてくれるはず」

「よう言うた。いざとなれば、おぬしに旗本を斬ってもらわねばならぬ」

「旗本を」

「腐れ旗本じゃ。駿河台に住む三千石取りの大身でな。元勘定奉行笹部修理が次男で、右京之介とか申す厄介者よ。どうやら、そやつが黒天狗どもの首魁らしい」

「播磨屋を襲ったのも、笹部右京之介なる者の率いる一味の仕業なのですか」

「源信の文によれば、そうなろう。笹部家は代々、出石藩仙石家の出入旗本でな、当主の修理はかつて幕閣に君臨した松平下野守(しもつけのかみ)さまの子飼いにほかならぬ」

　仙石騒動の余波を受け、笹部家は御役を失い、出世の手蔓(てづる)も失った。

「ここからは源信の憶測じゃが、笹部の次男坊が当藩への恨みから播磨屋を襲わせたとも考えられる。それが事実ならば、捨ておけぬ。逆恨みから出た旗本の暴挙を許すわけにはまいらぬからな。ただし、正面切って裁けば、他の旗本の反撥(はんぱつ)を買う。腐っても鯛の旗本八万騎、挙(こぞ)って敵にまわせば、ちとうるさい。ただでさえ、御政道に不満を抱いておる連中を下手に刺激したくないでな」

　友之進は、じっくり頷く。

「闇から闇へ葬らねばならぬ、ということですな」

「そうじゃ。ただし、悪事の確乎(かっこ)とした証拠を摑まねばならぬ。わかるな」

「は」

「源信に深手を負わせたのは、笹部右京之介当人らしい。あれほどの伊賀者が手もなくやられたのじゃ。心して掛からねばなるまいぞ」

「御意にござります。悪事が判明したあかつきには、即刻、裁きを下してもよろしゅうござりますか」

友之進は、つとめて冷静に問うた。

豪右衛門は鉄火箸(ひばし)で炭を転がし、深い溜息を吐く。

「いや、待て。おぬしが手を下すのは、最後の手段じゃ」

「と、申されますと」

「ある男にやらせる」

「ある男」

「ふむ、おぬしも知る男じゃ」

「いったい、誰でござりましょう」

豪右衛門はもったいぶるように黙り、おもむろに口をひらいた。

「毬谷慎十郎じゃ」

「え」

ばちばちっと、炭が音をたてた。

「かの毬谷道場で、おぬしとは鎬を削った仲と聞いておる」

「慎十郎が江戸へ出てきたのですか」

「ああ。おぬしの師匠でもある慎兵衛に勘当され、藩籍を失った。一介の浪人となった以上、どこで何をやらかしたところで、藩に迷惑は掛からぬ」

友之進はおもわず、片膝を立てた。

「お待ちを。慎十郎を刺客にすると仰せですか」

「不満か」

「い、いいえ」

「おぬしは笹部右京之介の悪行を調べると同時に、毬谷慎十郎を捜しださねばならぬ。捜しだして説得し、暗殺という困難な役目を申しつけよ。できるな」

諾とも否とも言えず、友之進はただ黙りこむしかない。

出世を生きるよすがとし、出世のためなら情を殺して仕えてきた。

上役には沈着冷静な態度を毛嫌いされ、同輩や後輩には血も涙もない人間だとおもわれている。

慎十郎は竹馬の友でもなければ、気脈を通じた相手でもない。

あくまでも師匠の倅(せがれ)であり、稽古の相手でしかなかった。

だが、犬死にさせるには惜しい男だともおもっている。

慎十郎には何か、得体の知れないものを感じていた。

ひとことでいえば、器が大きい。

ともあれ、自分にない資質を備えているのは確かで、友之進はかつて憧(あこが)れに近い心情を抱いたことすらあった。

　豪右衛門は、鉄火箸を灰に突きたてる。

「どうした。できぬのか」

「い、いえ」

「毬谷慎十郎を選んだのは、ひとつには並外れた剣の技倆じゃが、それ以上に、あやつが何ものにも縛られぬ埒外者であるということじゃ」

「埒外者」

「糸の切れた凧とも言うし、風来坊とも、食いつめ者とも言う。おぬしに、慎十郎のような生き方はできまい。刺客になるにはまず、藩籍を離れなければならぬ。それができるか」

　できようはずはない。故郷の母を悲しませることはできない。

　だが、豪右衛門の発した「埒外者」という響きに、友之進は強く惹きつけられた。

　莫迦げた慎十郎の生きざまを、羨ましいと感じたのだ。

　それは、嫉妬の入りまじった感情でもあった。

　慎十郎の強さと、強さの源となる放埒さに、むかしから嫉妬を抱いていた。

　年下であるにもかかわらず、ひそかに尊敬もしていたのだ。

いずれにしろ、慎十郎が江戸へ出てきたと聞いたときから、冷静ではいられなくなっている。

そうした自分を、友之進はあつかいかねた。

「源信に文を託された男は恩田信長というてな、ただの食いつめ者とはおもうが、いちおう控部屋に待たせてある。そやつ、毬谷慎十郎の行き先を存じておるような口振りでの。さっそく、質(ただ)してみよ」

「は」

「よし、命は伝えた。さがってよいぞ」

「御免仕ります」

友之進は江戸家老の部屋を出て、ほっと白い息を吐いた。

暗い廊下を渡っていくと、物陰から燈火(とうか)が近づいてくる。

「うっ」

足を止め、身構えた。

かぼそい燈火に照らされた顔は、儚(はかな)くも妖艶(ようえん)な女人の顔だ。

「静乃さま」

友之進はうっかり名を呼び、その場に傅(かしず)いた。

動悸(どうき)がみっともないほど、激しく脈打っている。

「石動どの」

瑠璃(るり)のような美しい声が、耳に飛びこんできた。

「祖父から申しつけられたことで、お願いがあります」

「な、何でござりましょう」

「この文を、慎十郎さまにお渡しくださいまし」

「え、慎十郎に」

差しだされた文を、友之進は受けとってしまった。

「祖父にはご内密に。何卒(なにとぞ)、よしなに願います」

静乃はそれだけ言いおき、黄水仙の芳香を残して去った。

夢見心地で文を押しいただきつつも、友之進の胸底には嫉妬の蒼白い炎がめらめらと燃えあがっている。

いけないこととは知りつつも、好奇心に駆られて文をひらいた。

――もういちど　逢(あ)いたい
たった一行、それだけ綴(つづ)られている。

「くそっ」

激情に衝き動かされ、友之進は文をくしゃっと丸めた。

もはや、静乃への恋慕は抑えがたいものとなりつつあった。

九

――強ければそれでいい。強い者だけが生きのこる。

吉原から戻ってしばらくしても、笹部右京之介の台詞が耳から離れない。

慎十郎は心の底から、強くなりたいと願っていた。誰にも負けない強さを手に入れるために、江戸へ出てきたと言っても過言ではない。ところが、右京之介という得体の知れない男に出遭い、強さとはいったい何なのか、わからなくなった。

人を斬って生きのこる。

それだけのために必要な強さなど、求めてはいない。

断じて求めてはいないと念じつつも、他に何を求めているのかと問われれば、慎十郎は明確に返答できなかった。

「歯痒いな」

故郷を捨て、勇躍、江戸へ出てきたことも、名だたる道場に踏みこみ、剣客たちを負かしてきたことも、今こうして生きていることさえも、いったい何の意味があるのかと叫びたくなってくる。

一徹によれば、笹部右京之介は大身旗本の次男坊で、千葉周作の主宰する玄武館にて剣の修行を積んだ門弟であった。何らかの理由で破門されたらしいが、破門の理由は教えてもらえず、一徹がどうして背中を斬られるような事態になったのか、そのあたりの経緯(いきさつ)を問うても、巧みにはぐらかされるだけだった。

咲も、何ひとつ教えてくれない。

吉原の件で少しは打ち解けてくれるものと期待したが、それは大きなまちがいで、以前のように仏頂面をきめこんでいる。

寒風の吹くなか、竹箒(たけぼうき)を握る慎十郎の後ろ姿は何やら淋しげにみえた。

「おい」

一徹がめずらしく、気遣うように声を掛けてくれた。

「どうした。しょぼくれた茄子(なす)のようじゃぞ」

振りむいた慎十郎の顔が、ぱっと明るくなる。

一徹は何と、両手に竹刀を提げていた。

「どうじゃ。ひと汗掻(か)くか」

「よ、よろしいのですか」

「おう」

白髪の老爺は力強く応じ、竹刀を差しだす。

慎十郎は竹刀を握り、久方ぶりの感触を味わった。

「腹が減ったときの飯は、無上に美味い。それと同じじゃ」

まさに、そのとおりだと、慎十郎はおもう。

竹刀を握った途端、武芸者本然の血が滾ってきた。

勝利への渇望が蘇り、逸るおもいを抑えきれない。

慎十郎は庭下駄を脱ぎ、雑巾で磨きこんだ道場の床板を踏みしめた。

ひんやりとした感触すら心地よく、板の軋む音さえ新鮮に響いてくる。

一徹は気配も無きかのように対峙し、ふわりと竹刀を八相に持ちあげた。

面も籠手も着けていない。

「まいる」

「はい」

応じたのもつかのま、瞬時に間合いを詰められ、横面に強烈な一撃を食らう。

頭が真っ白になり、慎十郎は腰から砕けおちた。

すぐに意識を取りもどし、頭を左右に振る。

「どうした。勘が鈍ったか」

一徹は元の立ち位置に戻り、不適な笑みを湛えている。

「まだまだ」

慎十郎は立ちあがり、竹刀を青眼に構えた。

「まいる」

一徹はするすると近づき、突きを見舞ってくる。

これを弾こうとした途端、鳩尾に鋭い痛みをおぼえた。

「むぐっ」

息もできず、蹲ってしまう。

こめかみに、脂汗が滲んできた。

すでに、一徹の気配は離れている。

慎十郎はどうにか呼吸を整え、くっと顎を突きだした。

「まだまだ」

立ちあがり、竹刀を右八相に持ちあげる。

「ぬおっ」

獲物を狩る虎のごとく、腹の底から気合いを発した。

一徹は上段から青眼に構えなおし、ふっと微笑む。

「吼えれば勝てるというものでもない。まいる」

滑るように間合いを詰め、中段の突きで誘って脇胴を抜きにかかる。

これを躱そうとするや、肋骨が悲鳴をあげた。

「遅い」

一徹は飛燕のように離れ、元の立ち位置へ舞いもどる。

慎十郎は、愕然としていた。

こんなはずではない。こんなはずではと、胸の裡で念仏のように唱える。

勘が鈍っているのではない。きっちり受けようとしても、竹刀の動きが捷すぎてみえないのだ。

「どうした。竹刀に当てることもできぬのか。よくもそれで、森要蔵や高柳又四郎と互角にわたりあったな。恐い者知らずの山出し者はどこへいった。おなごに負けて、魂まで抜かれたか。牙を抜かれた虎なぞ、借りてきた猫も同然よ。ほれ、打ってこい」

「ぬりゃっ」

乾坤一擲、慎十郎は大上段から打ちこんだ。

が、打ちこんださきに、一徹はいない。

「莫迦め」

後ろから、どんと背中を蹴られた。

慎十郎はつんのめり、床板に両手をつく。

口惜しさのせいで、全身がひりひり痺れた。

「はなしにならん」

一徹は吐きすて、ぷいと背中を向ける。

慎十郎は首を捻り、捨て身で打ちかかった。

「ぬおっ」

一徹は振りむきざま、無言で竹刀を打ちおろす。

――ばちっ。

撓りの利いた一撃が、慎十郎の小手を砕いた。

竹刀が床板に弾み、踊るように転がっていく。

震える両手をみつめ、慎十郎はがっくり膝をついた。

「おぬしは弱い。勢いでしか勝てぬ中途半端な男よ」

一徹は竹刀を提げ、鬼のような形相で喝しあげる。

「真剣での勝負なぞ、もってのほかじゃ。今のおぬしに、笹部右京之介は殪せぬ」

口惜しいが、そのとおりだとみとめざるを得ない。

「右京之介は強い。されど、あれは心が曲がっておる。おぬしとのちがいは、そこかもしれぬ。おぬしの剣はまっすぐじゃ。まっすぐなだけに弱い。心の持ちように左右される。右京之介に勝ちたいと願うなら、精神を鍛えなおさねばなるまい」

慎十郎は、みずからの弱さを痛感した。

咲に敗れたときは、ここまで口惜しくはなかった。

おなご相手に手加減したという意識があったからだ。

そうした慢心もふくめて、完膚無きまでに打ちくだかれ、慎十郎はみずからの負けを悟った。

――おぬしは弱い。勢いでしか勝てぬ中途半端な男よ。

一徹のことばは、ずしんと心に響いた。

これまでは他人の声に、きちんと耳をかたむけようとしなかった。

誰が何と言おうと、自分が世の中でいちばん強いと信じていた。

それはちがう。とんでもない勘違いだと、骨の髄までわかった。

完敗だ。負けを認めざるを得ない。
負けを認めたとき、一徹のことばがすっと耳にはいってきた。
生まれてはじめて、他人の声に耳をかたむけようとおもった。
修行を積んだ円明流も雖井蛙流も、何ひとつ意味をなさない。
それがわかった。
すべてを捨てて、無からはじめよう。
そうでなければ、ほんとうの強さを手に入れることはできない。
一徹は、無言で問うてくる。
おまえは、何になりたい。
いったい、何を望むのだ。
勝ちたい。ただ、それだけ。
今の慎十郎には、それしかこたえられない。
勝つためには、もっと強くならねばならぬ。
もっと強くなるために、慎十郎は丹波道場を出ることにきめた。

十

恩田信長は、慎十郎の活躍を瓦版（かわらばん）で知った。

火の見櫓のてっぺんから宙吊（ちゅうづ）りになった花魁を救うべく、三尺の刀を掲げた鍾馗（しょうき）のような壮漢が片手で梯子を握っている絵が描かれている。

内容をよく読めば、花魁を連れさったのは醤油問屋の若旦那で、咲という女剣士の活躍もあったとされているのだが、肝心の若旦那も女剣士もいない。慎十郎と花魁を大写しで描くほうが絵になると、版元は踏んだのだろう。物事の真偽よりも、大衆受けするものを採る。近頃の瓦版には良心の欠片（かけら）もないらしい。

ともあれ、あやつは金になると、恩田は踏んでいた。

すでに、龍野藩の重臣から「毬谷慎十郎を捜しあてたら褒美を出す」との言質（げんち）を得、石動友之進なる若侍から前金を貰った。

その金を携えて箕輪の裏長屋へ戻ったところ、怪我を負った源信のすがたは煙と消えており、お針のおたねに尋ねても行き先を聞いていなかった。

源信のことなど、正直、どうだっていい。

毬谷慎十郎を捜しあて、ひと儲けするのだ。

「ここか」

恩田は朽ちかけた冠木門のまえで足を止め、太い文字で「丹波道場」と書かれた看板を仰いだ。

敷居をまたごうかどうしようか迷っていると、後ろから声を掛ける者がある。

「何かご用でしょうか」

すぐそばに、凛々しい若衆髷の女剣士が佇んでいた。

「もしや、咲どのでござろうか」

「さようですが、そちらは」

「恩田信長と申します。毬谷慎十郎の友でしてな、こちらで厄介になっていると風の便りに聞いたものでお邪魔いたしました。いや、それにしても、吉原で大活躍なされた女剣士を目にできるとはおもわなんだ。あなたが咲どのか。おもうたよりも若い。それに、美しい」

心から発したつもりであったが、咲は冷たい口調で突っぱねる。

「お捜しの方は、当道場におりませぬ」

「え、おらぬのか」

「今朝まではいらっしゃいましたが、ふらりと出ていかれたようです」

「ふらりと、何処へ」

「さあ」

金蔓を逃してはなるまいと粘ってみたが、咲はほんとうに知らないようだった。

「あの方のことです。また、道場破りでもはじめるつもりではありませんか」

「なるほど、そうかもしれぬ。足を向けるとすれば、直心影流の男谷道場か」

「男谷道場」

咲は大きな目を動かし、興味をしめす。

「どうして、そうおもわれるのです」

「慎十郎に聞いたことがあってな。江戸の三剣士を倒し、胸を張って故郷の龍野へ帰りたいと、あやつは微酔い気分で言っておった。三剣士のひとりが、本所亀沢町の男谷精一郎なのさ」

「ほかのふたりとは」

「練兵館の斎藤弥九郎、そして、玄武館の千葉周作。いずれも、名を聞いただけで誰もが震えあがるような剣豪だ。それでも、あやつは真顔で言いおった。勝てぬ相手ではないとな」

「ふっ、ほほほ」

　咲は胸を仰(の)けぞらせ、弾けたように笑いだす。

　恩田は声を荒らげた。

「何が可笑(おか)しい」

「あの方らしいとおもったので、つい。失礼いたしました」

「おぬし、慎十郎が勝てるとおもっておらぬな」

「まんにひとつも勝ち目はありません。今のままでは、立ちあう機会を得ることさえ難しいでしょう。三剣士と闘って勝つことなど、夢のまた夢にござります」

「夢のまた夢。咲どのは、あやつの力量を知っておるのか」

「さあ」

　とぼけてみせる咲に向かって、恩田は慎十郎がいかに強いかを滔々(とうとう)と語った。

　江戸の名だたる道場を破ってまわった様子を、講釈師のように生き生きと語り、聞いていて飽きない内容ではあったが、咲は次第に胸が苦しくなってきた。

　どうしてそうなってしまうのか、自分でもよくわからない。

　慎十郎は一徹に叩きのめされ、傷心を抱えたまま道場から去った。

「あの莫迦、出ていきおった」

一徹にそう聞かされても、さほど淋しくもなかったし、ましてや、動揺することもなかったのに、素姓の怪しい浪人に慎十郎の自慢話を聞かされているうちに、どんどん気持ちが沈んでいく。

今ごろ何処でどうしているのかと、案じられてくる。

そんな自分が、咲は不思議でたまらなかった。

気づいてみれば、恩田がまだ何か喋っている。

「咲どの、じつは、あやつを捜している連中がおってな。誰かと申せば、龍野藩のお偉いさんたちよ。ほれ、あやつは龍野藩を捨てた身であろう。一介の浪人になったにもかかわらず、捜せというのはちと妙だとおもわぬか」

たしかに妙だが、咲の関知するところではない。

「これはわしの勘だが、あやつに厄介な役目を押しつけようとしているにちがいない。だから咲どの、ほかの誰かに行方を尋ねられても教えぬほうがよい。いのいちばんで、わしに報せてはもらえぬか」

恩田が両手を合わせて懇願すると、咲は疑う素振りもみせず、こっくり頷いた。

「かしこまりました」

「ほっ、ありがたい。されば」

箕輪の所在を教え、恩田は深々とお辞儀をする。

四ツ辻まで離れても、咲は門のまえにじっと佇んでいた。

十一

闇が次第に膨らんでいった。

群雲に月は隠れ、人斬りの輪郭は曖昧になってしまう。

石動友之進は、笹部右京之介の背中を追っていた。

もうすぐ、亥ノ刻（午後十時頃）の鐘が鳴る。

町木戸が一斉に閉まる刻限だ。

番太郎は白い溜息を吐き、人斬りの徘徊する露地を見廻りしなければならない。

たぶん、みずからの不運を嘆いていることだろう。

吉原へ探索におよんだとき、四郎兵衛会所の鉄棒引きは言った。

「大門の内だけじゃねえ。浅草寺奥山でも下谷広小路でも、首無し死体がみつかった。男でも女でも誰だっていいのさ。暗がりに潜み、手当たり次第斬りやがる。物狂いの仕業さ。おめえさん、そいつを捜すなんて、莫迦なことはやめたほうがいい。首がいくつあっても足りねえぜ」

物狂いの右京之介は、見掛けよりも若い。齢はひとつうえの二十三、官学の昌平黌では神童と言われ、剣の修行を積んだ玄武館では天才と噂された。それほどの逸材がどうして道を外し、狂気を帯びてしまったのかは謎だが、三年前に玄武館を破門された件との関わりは否定できない。

門弟に金を掴ませて聞きだしたはなしでは、そのころ、主宰の千葉周作を除いて右京之介に申しあいで対抗できる者はいなかった。右京之介は玄武館だけでは飽きたらず、名だたる道場を訪ねては他流試合をかさね、向かうところ敵無しと評されたらしい。

さらに、真剣で据物斬りをやりはじめ、夜ごと外に繰りだしては犬猫のたぐいを斬りまくった。そうした陰惨な行為が千葉周作の耳にはいり、詮議のすえ、破門とされたのだ。

破門となるまでにも、市井の者と喧嘩沙汰になって怪我を負わせたり、遊女屋にしけこんで敵娼の首を絞めようとしたり、さまざまな奇行が見受けられた。

たとえば、丹石流の丹波道場へおもむき、道場主の丹波一徹を傷つけた件も奇行のひとつだ。

一徹は千葉周作が松戸の浅利道場で修行を積んでいたころの兄弟子で、二十五年ものの付きあいになる。すでに免状を得ていた小野派一刀流から丹石流に転じ、そこそこ名の知られた道場を営んでいた。ことに「花散らし」と称する奥義は「七曜剣」の返し技と目され、千葉周作でさえ破ることのできない秘技との噂が立ち、噂を耳にした者たちが競うように門を敲いた。

右京之介も「花散らし」を会得したいと望み、一徹のもとを訪ねたらしい。ところが峻拒され、背を向けた一徹に真剣で斬りつけた。斬りつけられた一徹は不覚にも後ろ傷を負い、これを武芸者の恥として、道場をたたむことにきめたのだという。

この件ひとつで破門の理由にはなったが、一徹が固く口を噤んだため、ずっとあとになるまで千葉周作の知るところとはならなかった。

右京之介は千葉周作のもとを離れ、いっそう、狂気の度合いを増していったやにおもわれる。徒党を組み、市中で乱暴狼藉をはたらき、辻強盗まがいの悪行を繰りかえしたあげく、悪党仲間とともに黒天狗の面をかぶっては商家を襲っていった。逃散百姓や食いつめ浪人たちを駆りあつめ、金と武器を手渡して煽り、暴徒に仕立てあげたのだ。

それだけではない。血濡れた白刃をぶらさげ、夜な夜な市中に繰りだしては、獲物を求めて徘徊するようになった。

「それほど、人の血が欲しいのか」

友之進はひとりごち、物狂いと化した男の背中を追いつづけた。

いざというときは、赤松豪右衛門の命に背き、みずからの手で裁きを下すつもりでいる。

たとい、慎十郎を捜しだすことができたとしても、豪右衛門の命を伝える気はない。

「あんなやつに任せておけるか」

人知れず、江戸の闇に巣くう悪を断つ。

友之進にとって、それは崇高な役目におもわれた。

崇高な役目を果たすことができるのは、神仏に選ばれた者だけだ。

それが毬谷慎十郎であってよいはずはないと、友之進は考えた。

「静乃さま、拙者がまちがっておりましょうか」

恋慕する相手に問いかけ、はっとして我に返る。

追うべき人斬りの影が、いつのまにか消えていた。

ここは藍染川（あいぞめがわ）に架かる弁慶橋（べんけいばし）のそば、橋を渡ればお玉ヶ池の玄武館は近い。

「くそっ」

前屈みになり、四ツ辻まで一気に駆けよせる。

と、そのとき。

「ぎゃああ」

身を裂かれるような悲鳴が聞こえてきた。

振りむけば、半町と離れていない坂道の途中で、提灯をぶらさげた番太郎とおぼしき人物が膝を落としている。

「く、首が……」

ない。

輪斬りにされた首の穴から、凄まじい勢いで血が噴きだしていた。

近づこうにも、からだが金縛りになったように動かない。

呆然と佇む友之進の足許へ、番太郎の生首が転がってきた。

「むふふ、おぬしも逝くか」

背後に怖気立つような殺気を感じ、友之進は首を捻った。

「うっ」

群雲がさあっと流れ、空にかぼそい月があらわれる。

月影に蒼々と照らしだされた顔が、にたりと凄味のある笑みを湛えた。

「なにゆえ、わしを尾ける」

問われても、応じるべきことばはない。

「さようか。ならば、逝け」

右京之介は、ゆっくり近づいてくる。

血の滴る白刃の先端を、地べたに引きずっていた。

友之進は術でも掛けられたように、ぴくりとも動かない。

腰の刀を抜くこともできず、漫然と死を迎えるしかなかった。

「人の命は陽炎のごとし。死ぬも生きるも運次第。くく」

右京之介は足を止め、白刃を大上段に振りあげた。

死ぬのか、おれは。

友之進は胸に叫び、ぎゅっと眸子を瞑る。

刹那、反対の方角から、何かが飛来した。

鋭利な穂先が闇を裂き、右京之介の左胸を襲う。

管槍だ。

「ふんっ」

右京之介は白刃を猛然と振りおろし、管槍を叩きおとす。

激しく散った火花を顔に浴び、友之進は覚醒した。

「逃げろ」

暗闇から、誰かが叫ぶ。

管槍を投じた者であろう。

「はっ」

友之進は、横跳びに跳んだ。

刹那、人影がそばを擦りぬけ、右京之介に斬りかかっていく。

「ちょっ」

人影の手にした刀は、二尺そこその直刀だった。

肩口に斬りつけるや、右京之介に弾きかえされる。

人影は間合いを逃れ、闇の狭間で荒い息を吐いた。

「源信か」

友之進の口から、伊賀者の名が発せられる。

人影は黒板塀を蹴りつけ、宙返りをしながら地に降りた。

「ふん、忍びめ」

右京之介は吐きすて、転がった管槍を拾いあげる。

「吉原で死に損なったやつか」

源信は蹲(うずくま)ったまま、低い声を発した。

「石動どの、逃げなされ」

「なぜ、助ける」

「ここで犬死にさせぬため。生きのびて、拙者をふたたび御前に推挙願いたい」

「なるほど、そういうことか」

友之進は逃げようとせず、しゃっと刀を抜いた。

「おやめなされ。あなたの手に負える相手ではない」

「何だと」

「浅茅ヶ原(あさじがはら)の観音堂に尋ね人がおります。そちらへ、お行きなされ」

「慎十郎か」

あやつなら、目のまえの化け物と勝負できるというのか。

「早く、お行きなされ」

源信は声を荒らげ、ぽんと地を蹴りあげた。

直刀が闇を裂き、右京之介の脳天を斬りつける。

――きいん。

刃音とともに、火花が散った。
捷すぎて、太刀筋はみえない。
右京之介の手にした刀は、新しい血を吸っていた。
源信は折れた直刀を握り、足を踏んばらせている。
だが、生きのびる力は残っていない。
「ふ、不覚」
源信のからだは生木が裂けるように、まんなかから裂けていった。
「ふわあああ」
夥しい返り血を浴びながら、右京之介が叫びだす。
友之進は恐怖に駆られ、脱兎のごとく逃げだした。
後ろもみずに駆けつづけ、転んでも必死に起きてまた駆ける。
途轍もない恐怖が背中に張りつき、どこまでも従いてくる。
出口のない漆黒の隧道を、友之進は死に物狂いで駆けつづけた。

十二

浅草橋場、浅茅ヶ原。

やはり、江戸とはおもしろいところだ。

一歩外に出れば、深い闇が大口をあけて待っている。

朽ちかけた観音堂は、得体の知れない無頼漢どもに囲まれていた。

さきほどから尋常ならざる気配を察していたが、慎十郎はいまだ、藤四郎吉光を握る心の準備ができていない。

丹波一徹に叩きのめされ、唯一の拠り所だった剣への自信を失った。

丹波道場を出てから水一滴呑まず、黙然と壁をみつめていたのだ。

面壁九年の達磨大師にあやかり、悟りをひらこうとおもった。坐禅を組んで法界定印を結び、真言密教の観法に倣って、大日如来をあらわす「阿」の梵字をひたすら念じる「阿字観」をおこなった。

生き仏になってもよいというほどの気構えでいたが、どうやら、放っておいてもらえぬらしい。

さきほどから、のどが渇いて仕方ない。

慎十郎は宝刀を握り、すっと立ちあがった。

軋む観音扉をゆっくり開き、穴の穿たれた廊下に進みでる。

手に手に松明（たいまつ）を掲げた悪党どもが、じっとこちらを睨みつけていた。

鉄の頬当てや胴籠手（こて）を着けた者もいれば、大仰な鉞（まさかり）や槍をたばさんだ者もいる。

まるで、野武士（のぶし）のような夜盗たちが、慎十郎の素首を狙っていた。

「わしらのねぐらに、何用じゃ」

首魁（しゅかい）とおぼしき禿頭（とくとう）の男が、野太い声を張りあげる。

なるほど、ねぐらを借りてしまったのかと合点し、慎十郎は微笑んだ。

「何が可笑しい。わしらが恐くねえのけえ」

「ふはは、恐いだと。そんなわけあるかっ」

「ほほう、威勢の良い若僧じゃ。おめえ、わしらが巷間（こうかん）で何と言われているか、知っておんのけえ。夜盗辻斬（つじぎ）り何でもござれ、海坊主の五郎太（ごろうた）率いる白鴉（しろがらす）党よ」

「白鴉」

「黒でも白と抗（あらご）うてやる。そうした気概をしめした名じゃわい」

「悪党にしては、ずいぶん凝った名を考えたわけか」

「あんだと」

「おぬしらの名なぞ、どうだっていい。それに、観音堂をねぐらにきめたのは、おぬしらの勝手な言い分だ。悪いことは言わぬ。このまま、何処かに消えてくれ。今宵（こよい）はどうも虫の居所が悪くてな、腹も減っておるし、言うことを聞いてもらえぬと、何をしでかすか自分でもわからぬ」

「ぐふふ、はったりは見掛けだけじゃなさそうだ。その口、まともに利けぬようにしてくれよう」

海坊主は身構え、幅広の刀をずらりと抜きはなつ。

手下たちもこれにしたがい、一斉に白刃を抜いた。

「ぬおっ」

慎十郎も、腰反りの強い宝刀を鞘走らせる。

三尺におよばんとする刀身は松明を反射させ、紅蓮に燃えあがってみえた。

「虚仮威しじゃ。血祭りにあげちまえ」

「うおおお」

殺到する白刃のなかへ、慎十郎は飛びこんだ。

刃と刃がぶつかり、激しい火花が散る。

――どすっ。

鈍い音が響いた。

「ぬげっ」

悪党のひとりが目玉を剝き、地べたに転がっていく。

慎十郎の刃は斬りこむ直前、峰に返されていた。

相手は首筋を叩かれ、気絶したにすぎない。

だが、ほかの連中には斬られたようにしかみえなかった。

それでいい。

おれには、人を斬ることができぬ。

慎十郎は胸の裡で唱えながら、刃向かう敵に挑みかかる。

無頼漢どもは怒声を張りあげ、束になって斬りかかってきた。

「くわっ」

相手の動きが、いずれも止まってみえる。

慎十郎は悪党どもの頭蓋を叩き、脇腹を打ちすえ、肋骨や小手や臑を瞬時に砕いてみせた。

そのたびに悲鳴があがり、泡を吹いた連中が倒れていく。

ところが、ひとりとして死んではいない。

たとい、相手が非道な人間でも、生きている価値のない悪党でも、みずからの手で引導を渡すことはできない。

恐いのか。

慎十郎は、みずからに問いかけた。

人を斬れば、斬った命の重みを一生背負いこまねばならぬ。

重みに耐えながら生きつづけることが、恐いのではないのか。

突如、笹部右京之介のことばが、耳に蘇(よみがえ)ってきた。

――刀を使う者の真価も、人を斬らねばわからぬ。板の間の剣法をどれだけ学んだところで、真剣の一刀にはおよばぬということさ。

はたして、ほんとうにそうなのだろうか。

人を斬れば、何か別のものがみえてくるのか。

――強ければそれでいい。強い者だけが生きのこる。

それでよいのか。

殺生をかさねて生きのこったところで、いったい何になるというのだ。

自問自答を繰りかえしていると、強くなりたいと願うことさえも罪悪のようにおもわれてくる。

「ぬりゃっ」

管槍の鋭い穂先が、頬を掠(かす)めた。

ぴっと薄皮が裂け、痛みが走る。

慎十郎は、頬に流れる血を舐めた。

「苦いな」

眼前で槍を構えるのは、悪相の浪人だった。

慎十郎は、腹の底から気合いを発する。

「けえ……っ」

肘(ひじ)を張って八相に構え、どっとばかりに駆けよる。

そのまま構えを変えず、柄頭(つかがしら)を鼻面に叩きこんだ。

「のげっ」

鼻の骨を砕かれ、槍の浪人は膝を屈する。

蕭条(しょうじょう)とした浅茅ヶ原には、強風が渦巻いていた。

観音堂の周囲には数多(あまた)の人影が転がり、呻き声を漏らしている。

残っているのは、首魁の海坊主ひとりだ。

「うわっ……ま、待て。待ってくれ」

必死に懇願されても、許す理由はひとつもない。

「何を待つ」

仁王のような形相で、慎十郎は吼えた。

「くわああ」

藤四郎吉光を大上段に構えるや、海坊主は頭を抱えて蹲る。

「か、勘弁してくれ」

縮こまった男を見下ろし、慎十郎は構えを解いた。

脅える海坊主の脇を擦りぬけ、観音堂を背にして歩きだす。

宝刀の柄を握る手が震え、刀身を鞘に納めるのに苦労した。

「くそっ、おれは何をしているのだ」

目的もないままに徘徊する山狗と同じではないか。

「真の強さを得るには、どうしたらいい」

暗澹とした空に問うても、風音しか聞こえてこない。

慎十郎は泥濘に足を取られ、でんと尻餅をついた。

冷たい泥水に浸かり、火照ったからだを冷ます。

泥だらけで立ちあがり、重い足を引きずった。

「うっ」

何者かの気配を察し、立ちどまって身構える。

周囲の薮に目を凝らせば、無数の赤い目が光っていた。
どうやら、本物の山狗が今宵の餌を狙っているらしい。
浅茅ヶ原の西には、地の者が「骨ヶ原（こつがはら）」と呼ぶ刑場がある。
処刑された罪人の屍骸（しがい）は取りすてにされ、深く埋められることはない。
ゆえに、山狗たちにとっては恰好（かっこう）の餌となる。
「さては、屍肉に飽（あ）いたか」
慎十郎に恐怖はない。
ただ、虚（むな）しいだけだ。
強くなりたいという夢を抱き、勇躍、江戸へやってきた。
それなのに、どうしたわけか、屍肉を貪（むさぼ）る山狗どもに命を狙われている。
いっそ、くれてやるか。
いや、山狗の餌食（えじき）になるくらいなら、野垂れ死んだほうがましだ。
ふと、鉢の施し飯をくれた托鉢僧のことをおもいだした。
たしか、顎に蝙蝠（こうもり）のかたちの痣（あざ）があった。
「優しいご坊であったな」
人の心の温かみを知り、もう少し生きてみようかとおもった。

もういちど、逢いたい。

なぜ、そんなふうにおもうのか、わからない。

かたわらに、托鉢僧が佇んでいるやに感じられた。

「ぐるる」

赤い目の連中は醜悪なすがたをみせ、いまや、すぐそばをゆっくり彷徨いている。

やはり、ここで死ぬわけにはいかぬ。

「もう少し、生きてみるか」

刀の鍔に拇指を当て、ぷつっと鯉口を切った。

死闘和田倉門外

一

弥生朔日。

霞の海を泳いでいくと、壮麗な山門があらわれ、山門を潜りぬければ、桜の園へたどりつく。山門とは上野東叡山の吉祥閣、右手を仰げば京洛の清水寺を模した観音堂が佇んでいる。

平常は入場を許されない山内も、花見の時季だけは市井の人々に開放された。

ただし、鳴り物や飲酒のたぐいは禁じられ、泥酔した不埒な輩はみあたらない。

女子どもや年寄りなど、行儀の良い花見客で賑わうのが上野山の花見とされていた。

どんちゃん騒ぎを期待する向きは墨堤か、王子の飛鳥山まで足を運ばねばならない。

もっとも、飛鳥山の山桜はまだ三分咲きで、見頃は半月余りさきになるとのことだ。

いつが見頃かをはかる尺度は人によって異なり、弥生になると、天気を言いあてる日和見師ならぬ花見師などという俄商いまで登場する。

山門前に陣取った花見師によれば、上野の桜は例年より少し早く、八分咲きまでできているらしい。常のように見立てを八分にとどめておけば、またつぎの機会に満開の桜を愛でようと足を運ぶ客も多いのだとか。

花見師のおかげもあってか、上野山はいつ来ても立錐の余地もないほどの賑わいだった。

「さあ、みなの衆、ご祝儀じゃ。年にいちどの験直しじゃ」

清水の舞台から陽気な声が聞こえる。

つぎの瞬間、誰もが目を疑った。

何と、空から小判が降ってくる。

「さあ、拾え。拾うのじゃ」

三方を小脇に抱えた小太りの商人が、大口を開けて嗤いだす。

「のはは。小判にはわしの名が、角倉屋喜左衛門の喜の字が極印されておる。喜左衛門小判じゃ。よもや、偽金ではあるまいぞ。正真正銘の慶長小判ゆえ、安心するがよかろう」

「うわあ」

女子どもから老人まで霞の底に潜りこみ、必死の形相で小判を拾いはじめる。

浅ましい連中のなかには黒羽織の役人もふくまれていたが、角倉屋を咎めようとする者はいない。

珍妙な光景であった。

五年つづきの飢饉で餓死する者も大勢いるというのに、花見のついでに小判を撒き餌のように抛るとは、まったくもって不届き至極なおこないにちがいない。

幕府は再三にわたって庶民の暮らしむきに口を出し、贅沢な振るまいを禁じてきた。

清水の舞台から小判をばらまく者があれば、即刻、縄を打たれてもおかしくないのに、監視役の山同心たちもみてみぬふりをしている。

「浄めの塩でも撒いておるのだろう」

などと、素知らぬ顔でうそぶく始末、山同心たちがたんまりと袖の下を貰っているのは言うまでもない。

「さあさ、みなの衆、喜左衛門小判を拾うてくれ。拾えばきっと御利益がある。運も向いてこよう」

高みで声を張る角倉屋は、節分に豆を撒く年男よろしく肩衣を着け、三方から小判を摑んでは撒きつづける。

蝦蟇のような顔を紅潮させてはいるものの、気が触れたわけではなさそうだ。

「ふん、阿漕な札差め」

小判を拾いそこねた老人が、ぼそっと吐きすてた。

なるほど、幕臣に高利で金を貸しつけて儲ける札差ならば、手持ちの小判をばらまく程度のことは朝飯前だろう。

しかも、角倉屋喜左衛門は数々の逸話を持っていた。

昨年などは大仰な供揃えで大山詣をおこない、それが発覚して入牢の罰を科された。牢内で世話になった博打打ちに恩義を抱き、三百両もの礼金をぽんと払ったという。そうした話題には事欠かない人物で、醜い面相から「妖怪」などと綽名されている。

清水の舞台へ登ってみると、用心棒らしき連中が「妖怪」のまわりで警戒にあたっていた。

そこへ、黒羽織を纏った御家人がひとり進みでて、のめるように膝を折る。

「角倉屋喜左衛門どの、あと数日、利息の払いを待ってはもらえぬだろうか。三両と二分なのだ。おぬしにとってみれば、鼻糞のようなものであろう」

両刀を差した侍が、商人に向かって土下座をしてみせる。

「頼む、このとおりだ」

屈辱きわまりない光景に、その場の空気は凍りついた。

角倉屋は恐縮するどころか、空になった三方を抛りなげる。

「利息の払いは待てませぬ。三両と二分、三方のうえに置きなされ」

「何だと」

御家人は、怒りで顎(あご)を震わせた。

「小判を撒いておいて、利息の払いは待てぬと申すか」

「当然にござりましょう。それが札差というもので」

「おのれ」

御家人は激昂し、居合腰から白刃を抜こうとする。

そのとき。

背後から長い腕が伸び、柄(つか)に添えた御家人の右手を摑んだ。

「やめておけ」

振りむけば、六尺豊かな偉丈夫が微笑(ほほえ)んでいる。

「だ、誰じゃ、おぬしは」

御家人の問いかけに、偉丈夫はこたえた。

「拙者、毬谷慎十郎と申す。余計なことかもしれぬが、あそこの用心棒たちはなかなかに手強いぞ。刀を抜けば、命を落とすことになろう」

「そんなこと、やってみなければわかるまい」

「いいや、物腰をみればすぐにわかる。よろしければ、助太刀いたそうか」

「え、どうして、わしを助ける」

「商人に土下座するすがた、あまりに哀れでみておられぬ。想像するに、拠所ない事情がおありのようだ」

「よくぞ聞いてくれた」

　御家人は涙ぐむ。

「妻子がある。子はまだ三つ。二十俵取りの軽輩でも幕臣は幕臣、役目にしがみつくしかないのだ」

　しがみつくには、上役への付け届けだの何だのと金が要る。高い利息を払ってでも、札差から金を借りるしかなかった。利息の返済が滞っても逃げるわけにいかず、恥を忍んで頭を下げるしかないという。

「ふうむ」

　慎十郎は同情を禁じ得ない。

御家人は、遊びで浪費するために金を借りたのではない。忠勤侍として並の暮らしを営むために、どうしても金が必要なのだ。町の金貸しではなく、札差に金を借りたのは、三代つづいて禄米(ろくまい)の管理を託してきたからだった。

角倉屋は居丈高に発した。

「三代つづいた御家人株なら、三百両で売れましょう。いかがです、ここが思案のしどころだ。御家人株を手放してみたら」

「な、侍を捨てよと申すか」

「できませぬか。されば、利息を返していただくしかありませんな」

黙りこむ御家人の肩を抱き、慎十郎は角倉屋を睨(にら)みつける。

「札差とは、ずいぶん偉いものだな」

「おや、どちらさまでしょう。余計な口出しは、お怪我(けが)のもとですよ。くく」

角倉屋が顎をしゃくると、三人の用心棒が刀の鯉口(こいぐち)を切った。

慎十郎は前へ踏みだし、無精髭(ぶしょうひげ)の生えた頰(ほお)を撫(な)でまわす。

「脅しなら、やめておいたほうがよい」

「脅しではありませんよ。腕の一本も貰っておきましょう」

その台詞(せりふ)が合図となり、用心棒たちは同時に白刃を抜いた。

周囲は騒然となり、後ろの御家人も刀を抜こうとする。

「待ちなさい。ここで抜いたら元の木阿弥だ」

慎十郎は吐きすてるや、藤四郎吉光を鞘ごと抜いた。

地を這うように駆けより、相手の間合いへ飛びこむ。

「すりゃ」

ひとり目が右八相から、袈裟懸けに斬りつけてきた。

これをひらりと躱し、鞘で相手の頬桁を叩きのめす。

間髪を容れず、独楽のように回転し、ふたり目の咽喉を鐺で突いた。

「ぐふっ」

さらには、黒鞘に撓りを利かせ、三人目の首筋に強打を叩きこむ。

瞬きのあいだに用心棒三人を失い、角倉屋は呆然と立ちつくした。

「ま、待ってくれ。おみそれいたしました」

さきほどまでとは打ってかわり、媚びた態度をみせる。

慎十郎は宝刀を腰に戻し、にこっと笑いかけてやった。

「札差どの、ものは相談だが」

「へえ、何でござりましょう」

「拙者の腕と交換に、あちらの借財を無かったことにしてもらえぬか」

「え」

この提案には、さすがの札差も驚かされた。

「それほどの腕を、只で売ろうと仰るのか」

「さよう、金は要らぬ。飯だけは食わしてくれ。それと、無意味な殺生はさせぬと約束してもらおう」

角倉屋は傲慢な顔に戻り、頭のなかで算盤を弾きだす。

「雇いの期間は」

「適当でよい」

「ふふ、承知しました。そちらの俠気に免じて、手打ちといたしましょう」

「さすが、天下の札差。はなしがわかる」

「いいえ、損得を勘定しただけのこと。札差を恨む者は多ございましてね。腕っこきの用心棒を只で雇えるなら、まずまずの買い物だ」

とんとん拍子に進むふたりの会話を、御家人は後ろから阿呆面で眺めるしかない。

命の恩人とも言うべき慎十郎は札差と肩を並べ、眼下の桜を満足そうに愛でていた。

二

翌、二日。

今ごろ、慎十郎はどうしているのだろうか。

ふと、咲は考えた。

祖父の一徹は近頃、味噌汁(みそしる)がしょっぱいとか、門前に朽ち葉が溜(た)まっているとか、些細(ささい)なことでも不機嫌になってしまう。

慎十郎があらわれる以前は、そんなふうではなかった。

小さなことは気にも掛けず、飄々(ひょうひょう)と暮らしていたのだ。

珍妙な三人暮らしがはじまってからは、憎まれ口を叩きつつも、どことなく楽しげだった。そして、慎十郎が居なくなってからは、平気な顔を装いつつも、ふとした拍子にみせる横顔は淋(さび)しそうにみえる。

「お祖父(じい)さま」

やはり、女のわたしでは満足できないのだろうか。

道場を継ぐ者として、心の底では男子を求めているのではあるまいか。

慎十郎はじつに一徹好みの男だと、咲はおもう。

無骨で荒削り、垢抜けしていないところがよい。

木刀を振れば肩が外れ、大口を開けて嗤えば顎が外れる。

型破りで豪放磊落、こうとおもえば猪のように脇目も振らず、まっすぐに向かっていく。純粋ゆえに闘う者の本能を隠さず、いつもぎらぎらしているのだが、無頓着さと繊細さが同居している。それに、関わった者すべてを魅了するおおらかさ、底知れぬ大きさがあった。

「ふざけたやつ」

欠点を挙げるつもりが、美点ばかりが浮かんでくる。

咲は戸惑いを掻きけすかのように、首を小さく振った。

正面を仰げば、蒼天を背にして玄武館の門が聳えている。

「あ、咲先生」

声を掛けてきたのは、端正な面立ちの森要蔵だった。

「おや、笑っておられる。何か、良いことでも」

「いいえ。笑ってなどおりませぬよ」

「そうですか。今日はめずらしく、千葉先生がおられます」

森は意味深長な顔で微笑み、手にした竹箒を青眼に構えた。

「咲先生、今日こそは稽古をつけていただきますよ」

「え」

「先月来、わたしを避けておいでだ。さよう、あの毬谷慎十郎に負けたときから。なぜです。わたしが千葉道場の看板を守れぬ、不甲斐ない男だからですか」

「まさか、何を仰るのです」

「ならば、どうして。咲どのは斎藤弥九郎先生の練兵館にて、毬谷を完膚無きまでに叩きのめしたと聞きました。わたしは負けて、咲どのは勝った。もしや、そのことをお気になされているのでは」

「それは考えすぎというものです」

「されば、一手お立ちあい願いましょう。無面無籠手でよろしいか」

「もちろん」

咲は平然と応じつつも、気乗りしない自分をみつけていた。

なぜかはわからぬ。森と立ちあうことで、慎十郎へのおもいが募ることを恐れているのかもしれない。

森に導かれ、咲は道場へ踏みこんだ。

いつも以上に、空気がぴんと張りつめている。
理由はすぐにわかった。
千葉周作がいつになく厳しい顔で、正面に陣取っているからだ。
門弟たちは防具を着け、竹刀で打ちあい稽古に励んでいる。
千葉は咲の気配を察し、腹の底から太い声を発した。
「やめい」
門弟たちは潮が引くように、道場の隅へかしこまる。
森は悠然と歩をすすめ、千葉に一礼した。
どうやら、咲との申しあいは織りこみ済みらしい。
門弟のひとりに竹刀を手渡され、咲は中央の仕切りまで進んだ。
「いざ」
立礼から、森は気力を横溢(おういつ)させている。
咲は心の準備もそこそこに、迎えうつ構えをとった。
森は素早く間合いを詰め、切っ先を鶺鴒(せきれい)の尾のように動かす。
「いやっ」
咲は先端で小当たりに弾き、突きで誘って面を取る。

「何の」

その手は読みきられ、下から弾かれた拍子に胴が空いた。

森はにやりと笑い、脇胴に熾烈（しれつ）な一撃を叩きこんでくる。

「むぐっ」

「一本」

千葉の声が道場に響いた。

ふたりはぱっと離れ、二本目の立礼をおこなう。

「いざ」

竹刀を上段に振りあげるや、強烈な痛みが脳天を貫いた。

おそらく、さきほどの一撃で肋骨（ろっこつ）に罅（ひび）がはいったのだろう。

咲の丸い額から、玉の汗が噴きだした。

ぎゅっと、奥歯を嚙（か）みしめる。

負けるわけにはいかない。

ここで負けたら、慎十郎の勝ちは消える。

雑念が去来し、肩に余計な力がはいった。

「ふい、ふい」

森は眼前に迫っている。

「ぬりゃお」

上段の打ちおろしを受け、鍔迫りあいになった。

森は鼻を近づけ、何やら耳許に囁いてくる。

「咲どの、秘技を使え」

「え」

打ちこむ隙があるのに、森は離れていく。

一方、咲は青眼に構え、静かに対峙した。

秘技とは、丹石流に伝わる一子相伝の剣技「花散らし」のことだ。

それがどのような技かは、咲でさえ知らない。

機が熟せば教えると、一徹に告げられた。

が、それは三年前のはなしだ。

教えてもらえるかどうかも、今では判然としなくなった。

ところが、千葉道場の門弟たちは、咲が秘技を伝授されたとおもいこんでいる。

千葉周作が「古今東西のあらゆる流派を見渡しても、花散らしにかなう剣技はない」と口走って以来、門弟たちは秘技の中味を知りたがっていた。

森要蔵も例外ではない。
あわよくば打ちあいのなかで、秘技の一端でも垣間見たいと望んでいる。
だが、咲は「花散らし」を知らない。
知らないと公言してもよかったが、敢えてそうする必要も感じなかった。
「ふえい」
森は鋭い踏みこみから、一気に突きこんでくる。
これを肩透かしで躱し、横面を打とうとした瞬間、またもや、脇胴を打たれた。
「一本」
千葉の声が遠のいていく。
同じ手でやられるとは、不甲斐ない。
咲はなかば意識を失い、床に頽れた。
森要蔵は強い。
慎十郎はどうして、こんな強い相手に勝てたのだろう。
薄れゆく意識のなかで、咲は何度も首を捻った。
誰かの重々しい声が聞こえてくる。
「なぜ、毬谷慎十郎に負けたのか。要蔵にもわからぬそうだ」

気づいてみれば、千葉周作がそばに座って微笑んでいた。

咲は道場から隣部屋に運ばれ、蒲団(ふとん)のうえに寝かされている。

「せ、先生」

「よいのだ。寝ておれ。無理に起きれば、肋骨に響くぞ」

「は、はい」

「要蔵は申しておった。毬谷慎十郎の気魄(きはく)に呑(の)まれたのだと。ただし、敗れても不思議と口惜しさはない。むしろ、爽(さわ)やかな気分であったという。毬谷慎十郎とは不思議な男よの。道場破りにやってきて、叩きのめした相手に恨みひとつ残さぬ。そうした芸当ができる者は、そうはおるまい」

咲はふと、恩田信長のことばをおもいだした。

慎十郎は三剣士を倒すべく、江戸へやってきた。

「先生」

「ん、どうした」

「毬谷慎十郎は、先生を負かしたいのだそうです」

「ほほう、おもしろい」

千葉は、芯(しん)から可笑(おか)しそうに笑う。

「そんなに、おもしろいですか」

「ふむ。井の中の蛙が、化けるかもしれぬ」

「化けるとは」

「日の本一の剣豪になるということさ」

「え」

「無論、容易な道ではなかろうがな」

千葉はひとしきり笑い、はなしを変えた。

「一徹先生から、秘技は教わったのか」

「いいえ、祖父はまだ教えてくれません」

「案ずるな。花散らしは一子相伝の奥義、おぬしのほかに継ぐ者はおらぬ」

「もしや、先生はご存じなのでは」

「いいや、知らぬ。そういえば、かつて、知ろうとした者があったな」

「笹部右京之介ですか」

「ふむ。口にしたくもない名だが、毬谷慎十郎をおもうとき、どうしても右京之介の顔が浮かんでくる」

「なぜでしょう」

「ふたりが、あまりにちがいすぎるからだ。一方は氷のように冷たく、一方は炎のように熱い。一方は明確な目標を定め、淡々と精進することができるが、一方は何かを強烈に望みつつも、何を望んでいるのかもわからない。見掛けも性質も異なるふたりだが、ひとつだけ同じものを持っている」

「え」

意外な台詞に、咲は驚かされた。

「先生、同じものとは何ですか」

「耐えがたい渇きのようなもの」

「耐えがたい渇き」

「誰の心にも渇きはある。ただ、耐えがたいほど大きなものではない。ひとたび、それが抑えきれぬものとなったとき、得てして人は道を外す。ただし、道を外れた者が一概に悪とは断じきれぬ。人の善悪は、じつに判別しがたいものでな、善のなかにも悪は潜み、悪のなかにも善は潜む。ふふ、まるで、禅問答のようだな」

「先生、ひとつお聞きしてもよろしいですか」

「何だ」

「笹部右京之介を破門した真の理由は何だったのでしょう」

「それか」

千葉はしばし、押し黙った。

「敢えて申せば、あの者の生いたちか。右京之介は狂気を宿していた。それは持って生まれたものでな、どれだけ厳しい稽古を積もうが、消えてなくなるものではない。それが判然としたとき、道場に置いておくのが辛うなった。かならずや、ほかの門弟たちは右京之介に感化される。森要蔵ほどの男でさえ、あやつの気に呑みこまれ、魂まで溶かされるに相違ない。そう、察したのだ」

千葉はひどく沈んだ顔で、ぽつりと漏らす。

「わしは道場を守るために、一匹の狂犬を野に放った。そのことが気懸かりで、夜も眠れぬ……ふっ、つまらぬはなしを聞かせたな」

「い、いいえ」

「じつは、土産がある」

千葉はそう言い、用意していた文筥を手渡す。

「開けてごらん」

「はい」

蓋を開けた途端、咲は顔を輝かせた。

文筥のなかには、手のひらに載るほどの小さな雛人形がはいっている。

「可愛いお内裏さまとお雛さま」

「今宵は宵節句ゆえ、知りあいの際物師につくらせたのだ。気に入ってもらえたかな」

「はい、とっても」

「一徹どのは、そなたを男児として育てなされた。道場に雛人形を飾ることもなかろうとおもってな」

たしかに、咲は七つで帯解を済ませてのち、雛祭を祝ってもらったおぼえがない。

「白酒の支度もある。浅葱のぬたでも食べてゆくがよい」

「はい」

千葉の優しさが胸に沁み、森要蔵に負けた口惜しさも傷の疼きも癒された。

なぜか知らぬが、慎十郎の笑った顔が浮かんでは消え、そのたびに胸が苦しくなってくる。

拇指ほどの雛人形を手のひらに載せ、咲はいつまでも眺めつづけた。

三

二日後、朝。

一番から八番まである浅草御蔵の堀留へ、米俵を満載した荷船がつぎつぎに舳先を突っこんでくる。

「御禄米の到着じゃ。さあ、卸せ。運べ、運べ」

蔵役人に尻を叩かれ、褌一丁の人足たちが米俵を担ぎあげた。

せっせと運びこまれる大きな蔵のなかでは、角倉屋喜左衛門に率いられた札差の手代たちが待ちかまえている。

「来たぞ。札を差せ」

番頭の合図で手代たちは一斉に散り、山と積まれた米俵に割竹を差していく。

割竹には禄米の受取手形である「札」が挟んであった。

手形には、旗本や御家人の名が記されている。

すべて、角倉屋のあつかう顧客だった。

――ぐさっ、ぐさっ。

割竹を差す音が、蔵全体に響きわたる。

「壮観だな」

慎十郎はおもわず、つぶやいた。

角倉屋の用心棒にならなければ、こうした珍しい風景を目の当たりにすることもなかっただろう。

全国津々浦々の幕府天領から集まってくる米は、一年間で六十万俵を超えるという。それだけの米を収穫期にまとめて集めるのは無理で、節季ごとに集める方式が採られており、ちょうど今日は荷揚げの日に当たっていた。

「急げ、雨が降ってくるぞ」

蔵から外を覗けば、どす黒い雲が垂れこめている。

人足たちは差配役に煽られ、歯を食いしばりながら米俵を運びつづけた。

「おぬし、田舎は播州の龍野だったな」

親しげに声を掛けてきたのは、同じ用心棒の片山哲四郎という浪人だ。

頰の瘦けた顔をかたむけ、角倉屋には聞こえぬように低声で喋る。

「江戸に出てきたばかりなら、札差のことはよく知るまい」

「正直、まったく知りませんでした。藩領で暮らしていると、世の中の仕組みに疎くなります」

「ふむ。ならば、教えてやろう。あれらの米は本来、旗本や御家人が貰う俸禄米なのだが、米粒を拝むことのできる者はまずいない。幕臣のほとんどは俸禄米を借金のカタにとられ、札差から金を借りている」

　利息は一割二分に抑えよとの通達はあるが、抜け道はいくらでもあり、札差は三割とか四割の高利で金を貸す。

　札差とは、安定した収入のある幕臣相手にぼろ儲けをする連中のことなのだ。

「それだけではないぞ」

　札差は御米蔵の米を市中の問屋や仲買に卸す。その際、米の供給量を調節しながら相場をも操る。

　米の出入りを監視する役人さえまるめこめば、やりたい放題のことができた。

　それゆえ、札差には高い良識が求められたが、こと角倉屋に関して言えば、おのれが儲けることしか念頭にないようだ。

　片山は、尖った顎をしゃくる。

「ほら、あれをみろ。番頭みずから、米俵に黄色い割竹を差しておるだろう。あれは黄札と言うてな、札に書かれた名の幕臣はこの世にいない」

「いったい、どういうことです」

「この世におらぬ幽霊のぶんまで、札を差してやるのさ。なぜだか、わかるか」

「いいえ、いっこうに」

「黄札の米俵は夜更けにこっそり運びだされ、芝浜あたりの隠し蔵へ移される。そこで眠らされるという寸法だ」

いったん運びこまれた米俵を、別のところへ移動させる。それだけの手間を掛け、危ない橋を渡ってでも、角倉屋にとってはやるだけの価値があることらしい。

「米を眠らせて米不足を生ぜしめ、米の値を吊りあげる。頃合いをみはからって、隠し蔵の米を売りにだせば、がっぽり儲かるというわけさ」

信じられないはなしだ。

「質の悪い盗人と同じではないですか」

「そうさ。わしに言わせれば、札差は盗人にほかならぬ。なかでも、角倉屋ほどの悪党はおるまい。ほれ、みろ。偉そうな役人がひとり、角倉屋のそばにやってきたろう。あやつは小田島平八、御米蔵を仕切る蔵奉行さ」

角倉屋は揉み手で蔵奉行に近づき、黒羽織の袖に素早く手を入れる。

「ほらな。蔵奉行の袖が、ずっしり重くなりおった。小田島は誑しこまれておる。角倉屋が何をしようと、お構いなしというわけさ」

そんな悪党の片棒を担いでいる自分に、慎十郎は嫌気がさしてくる。

「ま、おれたちには関わりのないことだ。せっかく、天下の大悪党に雇ってもらったのだ。せいぜい、ぼろ儲けのお裾分けでも貰うとしよう」

自嘲する片山のことばを聞きながし、慎十郎は曇天のもとへ歩みだす。

ぽつぽつと、雨が降ってきた。

桟橋の人足たちはあいかわらず、必死に俵を運んでいる。

慎十郎は、上野山で助けてやった御家人のことをおもいだした。

昨日、蔵前の角倉屋へひょっこりあらわれ、慎十郎にあらためて礼を述べ、御家人株を売ることにきめたと告げたのだ。

「ちっぽけな役目にしがみついているのが、何やら莫迦らしくなってきた。医術のおぼえがあるので、町医者にでもなろうかとおもいましてな」

親兄弟や親類縁者は、猛反対するだろう。それでも、妻に存念を打ちあけたら「お好きな道を進みなされ」と言ってくれた。妻のことばを励みにして、新たな人生を歩みだしたいと、御家人は目を輝かせた。

慎十郎は潔い決断に感服し、力強く言いはなった。

「なあに、死ぬ気になればどうにかなるさ」

心の底から、そうおもっている。

上役に媚びを売ってわずかな禄米を貰い、その禄米を担保に小金を貸す札差の足許に平伏す。それもこれも、三代つづいた武家の矜持を守るためだとすれば、そんな矜持は捨てたほうがよい。

助けた御家人が幕府の頸木から解きはなたれたことで、慎十郎は角倉屋に留まっている理由がなくなった。

だが、もう少し、ここに居てやろうと考えている。

角倉屋の悪事をじっくり見極め、まちがったやり方を正したい。

慎十郎は江戸にいたる道中で、数多くの悲惨な光景を目にしてきた。

旅人の身ぐるみを剝がす山賊の群れ、無法者と化した浪人ども、春をひさぐ貧農の娘たち。鳥に突っつかれた行き倒れの屍骸、飢饉で死にかけた村に暮らす幽鬼のような人々、餓死した乳飲み子を抱く物乞いの母親。そうした悪夢のような光景を目にするたびに、心を痛めてきたのだ。

この江戸でも、橋詰や広小路にはお救い小屋が建ち、欠け茶碗を手にした者たちが長蛇の列をつくっている。

にもかかわらず、角倉屋は平然と巨万の富を築いているのだ。

富める者と貧する者の差が、これほどあってよいのだろうか。

よいはずはない。

角倉屋には、貧しい者たちを救う義務がある。

そのことを、正面から強意見してくれよう。

慎十郎は曇天を見上げ、雨粒を呑んだ。

拳を固め、腹の底から獅子吼する。

「ぬおおお」

抑えきれない憤りが、腹の底で沸騰しかけていた。

四

この日、弥生四日は町入能という行事のせいで、江戸じゅうが何やら落ちつかない。

市中には着慣れない紋付袴の名主や家主が溢れ、大手門や桔梗門をめざしてぞろぞろ歩いていく。

「江戸八百八町、五千人はくだるまい」

と聞けば、いかにそれが大人数であるかはわかる。

正装した連中は千代田城へ入城ののち、縁起物の傘を買い、本丸大広間南庭のお白洲(しらす)に座り、将軍ともども能を観る。せっかくの「御能拝見」だが、毎年かならずといってよいほど雨が降る。たいていは「道成寺(どうじょうじ)」が演じられるので、四日の雨は「道成寺の恨み」などと市井の連中に揶揄(やゆ)されていた。

京橋や芝に棟割長屋を所有する角倉屋喜左衛門も、黒紋付に身を包み、千代田城のなかへ消えていった。

慎十郎もはなしのタネに大手門前の下馬先まで行ってみたかったが、月代(さかやき)を伸ばした浪人は馬場先御門の内へは入城を許されない。仕方ないので、雨に濡(ぬ)れながら、蔵前の角倉屋まで戻ってきた。

表口から覗いてみると、何やら店内も忙(せわ)しない。

聞けば、今日は出代わりの日にあたり、多くの奉公人が辞めてしまうという。

一方、喜左衛門に気に入られた奉公人は「居なり」とか「重年(ちょうねん)」とか呼ばれて、また一年角倉屋で世話になる。なかには、お手つきで重年となる下女などもいるらしいが、多くの者は新しい奉公先へ移らねばならない。

ともあれ、慎十郎にとって、江戸の習慣は目新しいものばかりだった。

「おや、毬谷さまではありませんか」

茄子顔の若僧が、敷居の内から嬉しそうに声を掛けてくる。

「おぬし、醤油問屋の若旦那か」

「安房屋の卯太郎にございます」

「おう、そうだ。卯太郎だったな」

「その節はお世話になりました。あれからすっかり心を入れかえ、真面目に生きていこうとおもいましてね。ええ、もちろん、梅千代とも切れました。金の切れ目が縁の切れ目、所詮、廓のおなごなんざ、そんなものでございます。惚れた腫れたも嘘のうち、嘘をまことと信じれば、金は湯水と消えていく。はあ、消えていく。ちとてとちん」

「口三味線か。悪い癖が、まだ抜けておらぬようだな」

「とんでもない。わたしめをお信じください」

卯太郎は慎十郎の目をまっすぐにみつめ、にっこり微笑む。

「ふん、お調子者め。ところで、何をしておる」

「今日から、角倉屋さんへご奉公いたします」

「どうして」

「親にそうしろと言われたんでね。久離を切られたくなかったら、札差で算盤修業に励めってことなのですよ。ふん、あの糞親父、ろくなもんじゃやねえ」

吐きすてる卯太郎の襟元へ、慎十郎の腕がにゅっと伸びた。

「親のことを悪く言うもんじゃない」

襟元を握る手に力を込める。

「うっ……く、苦しい」

慎十郎は我に返り、ぱっと手を放した。

土間に落ちた卯太郎が、痛そうに尻をさする。

「ふう、死ぬかとおもった。毬谷さまの父君はさぞかし立派な方なのでしょうよ。尊敬できる父親なら、わたしだってこんなふうにはならなかった」

「尊敬できる父ではないのか」

「ええ、まったく。安房屋長兵衛は、札差の提灯持ちなのです。たいそうな借金をしておりましてね。角倉屋喜左衛門が右を向けと言えば右、左を向けと言えば左を向く。平気で悪事の片棒を担ぐやつなんだ。そんな父親を尊敬できますかってんだ」

「ふうむ」

卯太郎の気持ちが少しは通じたのか、慎十郎はむっつり黙りこむ。

「ま、そんなことより、よろしくお願いしますよ。毬谷さまは、角倉屋の用心棒なんでしょう」

「どうしてわかる」

「噂には聞いておりました。角倉屋が凄腕の用心棒を雇ったとね。清水の舞台で御家人を救ったはなしも、知らぬ者はおりませんよ。でも、それが毬谷さまだったとは。これも何かの因縁だな」

　親しげに笑いかけられても、笑いかえす気にならない。疫病神に好かれてしまったようで、鬱陶しいだけだ。

「折りいって、毬谷さまにお願いがございます」

　ほうら来たと、慎十郎は身構えた。

「じつは、おみよのことなのですが」

「おみよ」

「例の、わたしが岡惚れした水茶屋の看板娘」

「それがどうした」

「寝ても覚めても、おみよのことが忘れられません。この苦しい気持ちを、どうにかして伝えられないものか。悩んだあげく、恋文をしたためました」

卯太郎は懐中から文を取りだし、手渡そうとする。

「待て。おぬしは、おみよを廓に売ったのだぞ。許してもらえるはずがなかろう」

「わかっております。されど、すべてを水に流し、一からやりなおしたいのです。どうか、わたしの真心を、おみよに、おみよに」

「わしを文遣いにする気か」

「どうか、お願いいたします。このとおりです。毬谷さま、恋煩いに罹った哀れな男をお助けくださいまし」

卯太郎は土下座をし、涙まで流しはじめる。

詮無いこととは知りつつも、慎十郎は放っておけない気分になった。

五

その夜、向島で宴席があり、慎十郎は片山ともども、角倉屋喜左衛門を乗せた法仙寺駕籠に随伴した。

夕刻に雨はあがり、空には刃のような月が浮かんでいる。

向島までは黒船町の桟橋から屋根船を仕立て、昏い川面をしばらく遡上していった。

角倉屋は馴染みの柳橋芸者を侍らせ、屋根の内で楽しそうに酒盛りなどをしている。

慎十郎と片山は舳先と艫に分かれて立ち、夜風に吹かれながら黙然と闇を睨みつづけた。

汀から水鳥の羽ばたきが聞こえてくるだけで、あたりは閑寂としたものだ。

吾妻橋を通過すると、船はゆっくり舳先をかたむけ、幅の広い隅田川を斜めに進みはじめる。

やがて、暗がりのなかに対岸がみえてきた。

雪景色と見紛うばかりの桜並木が忽然とあらわれ、慎十郎は息を呑む。

「ふほほ、三囲稲荷の夜桜じゃ」

角倉屋と芸者が顔を差しだし、高々と盃をあげた。

竹屋の渡しから少し外れた入江へ、屋根船は舳先を向けていく。

そこは『平石』という高級料理屋へ通じる桟橋にほかならず、表口まで点々と屋号の書かれた提灯がぶらさがっている。

右奥には三囲稲荷の鳥居が佇み、石灯籠の灯りが夜桜を凄艶に浮きたたせていた。

一方、左側は竹藪らしく、深い闇が広がっている。

桟橋には『平石』の手代が迎えにきており、角倉屋と芸者は提灯で足許を照らしてもらいながら、緩やかな坂道をたどっていった。

慎十郎と片山は、左右の気配に耳をそばだてつつ、後ろから影のように従う。

松飾りのある表口へ行きつくと、餅肌の艶やかな女将が満面の笑みで出迎えた。

「これはこれは、旦那さま、ようこそお運びくださりました」

丁重な物腰から推せば、角倉屋が特上の客であることは疑いもない。

「先様はおみえですよ」

囁く女将に向かって、角倉屋は聞きかえす。

「先様とは、どっちだ」

「へえ、御蔵奉行さまのほうで。それと、安房屋の旦那さまもおみえです」

「そうか」

角倉屋は一瞬、ほっとした顔をする。

今宵の主賓はまだ、顔をみせていないらしい。

片山からは「平石はいつもきまって、悪巧みの相談に利用される」と聞いていた。

向島の料理屋で密かに蔵奉行と会っているというだけで、片山の台詞は裏付けられたようなものだ。しかも、卯太郎が「提灯持ち」と蔑む安房屋長兵衛も列席していると聞けば、眉を顰めざるを得ない。

玄関にはいると、安房屋が廊下にかしこまっていた。

息子の卯太郎とは似ていない。狡猾を絵に描いたような狐顔の商人だ。

「角倉屋の旦那さま、いつもたいへんお世話になっております。へへ、今宵はまたご相伴にあずかり、おありがとう存じます」

「べんちゃらはいらぬ。小田島さまのご機嫌はどうじゃ」

「お気に入りの貞奴が遅いと、少しばかり荒れてござります」

「連れてきたわ。ご所望どおりな」

「されど、今宵のお大尽は、小田島さまなど足許にもおよばぬお偉い方、毎度のように貞奴と戯れるわけにもまいりますまい」

「どうせ、半刻（約一時間）は遅れて来られよう。そのあいだ、ほどほどに楽しんでもらうがよい」

「かしこまりました」

そうしたやりとりを矢継ぎ早に交わし、狐は宴席へ戻っていく。

柳橋芸者は嫣然と微笑み、衣擦れともども狐の背中に従いていった。

角倉屋はふたりを行かせておいて、女将の肩を抱きよせ、立ったまま口を吸う。

「ちっ」

目をまるくする慎十郎の脇で、片山は舌打ちをかます。

用心棒ふたりは主人と離れ、玄関脇の控部屋に詰めねばならない。

小綺麗な六畳間には床の間があり、花入れには山吹が生けてあった。

軸にも山吹が水墨で描かれ、雫の溜まった葉のうえに蛙が遊んでいる。

井の中の蛙か。

胸の裡につぶやくと、小女が音もなくあらわれ、燗酒と猫足膳を置いていった。

片山が皮肉めいた調子で笑う。

「ふふ、いつもこうさ。馳走の相伴にあずかり、夜更けに同じ道を戻っていく」

慎十郎は物珍しそうに部屋をみまわし、有明行灯に照らされた雪見障子を開けた。

斜め向こうに表口がみえ、桟橋まで蛇行しながら繋がる提灯を窺うこともできる。

「さきに飲るぞ」

片山は手酌で注ぎ、ぐっと盃を呑みほした。

「ぷはあ、たまらぬ。上等な下りものだ。おぬしも呑め」

誘われるがまま、慎十郎もひと息で盃を空けた。

「良い呑みっぷりではないか」

注ぎつ注がれつしながら、盃を重ねていく。

片山の顔がほんのり赤くなっても、慎十郎はまったく変わらない。

「どうせ、何事も起こらぬさ。美味(うま)い酒を呑み、そこそこの金を貰う。札差の用心棒ほど、楽な稼業もあるまい」

「何かあれば、命を張らねばならぬでしょう」

「まあな。そのときは、そのときさ」

物腰から推すと、片山はかなりできる。

そうでなければ、角倉屋も雇うまい。

ただ、何か重要なものが抜けおちていた。

はっきりと説明できぬが、運のようなものかもしれない。

運とは、みずからの努力が下地にあって呼びこむものだと、慎十郎は信じている。

片山には真摯(しんし)に生きようとする姿勢が片鱗(へんりん)もなく、そのせいで運のない者のように感じられるのだろう。

「おぬしも江戸で三年暮らせば、わしのようになる。志の欠片(かけら)もない、つまらぬ男にな」

自嘲しながら、片山は酒を呷(あお)った。

「ふふ、こんなわしでも、江戸へ出てきたころは、何事かをなし遂げたいとおもうていた。何しろ、信州の糞田舎に女房子どもを残してきたのでな。ひと儲けして、故郷に凱旋したかった。されど、何よりもまずは糊口をしのがねばならぬ。道端で大道芸人もやったし、鉄火場の用心棒もやった。ところが、半年ほど経ったころ、女房子どもが流行り病で死んだという報せを受けた」

片山は、乾いた眼差しを向けてくる。

「生きている意味がなくなった。何もかも、どうでもよくなってな、そこいらの悪党どもと付きあっているうちに、心が荒んでいきよった。同じ境遇の浪人どもと辻強盗をやらかしたり、逃散百姓たちにまじって商家を襲ったりもした。そして、落ちついたさきが角倉屋だ。ここは居心地がいい。ただ漫然と死んだように生きていくには、これ以上の寄る辺もあるまい」

慎十郎は切ない気分になり、雪見障子の向こうをみた。

大柄な人影がひとつ、手代に導かれながらやってくる。

一見しただけで身分の高い侍とわかったが、銀箔の頭巾で顔をすっぽり覆っているので、面立ちはわからない。

「きよったな。黒幕が」

「黒幕」

「ああ。悪巧（わるだく）みの絵を描いている御仁さ」

　それが誰なのかは、片山も知らぬらしい。

「宴席に呼ばれた芸者にそれとなく聞いてみたが、駿河台に住む高（たか）の人ということしかわからぬ」

「高の人」

「三千石以上の大身旗本さ。幕府の重臣かもしれぬ」

　それほどの人物が、悪徳商人と向島で密かに落ちあっている。

　いったい、何を相談しているのか。

　慎十郎は、相談の中味を知りたくなった。

「知ったところで、どうにもならぬ。わしらのごとき野良犬がいくら吠（ほ）えても、悪党ののさばる世の中が変わるでもなし。それならば悪党の片棒を担ぎ、呑む打つ買うの三道楽煩悩（さんどうら）に溺（おぼ）れるもよし。ほれ、注いでやろう」

「けっこうだ。ちと、呑みすぎだぞ」

　慎十郎は片山と同じ空気を吸うのが嫌になり、やおら席を立った。

　玄関へ向かうと、ちょうど女将が頭巾の侍を出迎えているところだ。

　奥の部屋からは、先客三人もあたふたとあらわれ、廊下にかしこまる。

何だ、こいつら。へえこらしやがって。

意味もなく、怒りが込みあげてきた。

慎十郎は三人の小脇を悠然と通りぬけ、上がり框から降りていった。

そこで、頭巾の侍と鉢合わせになる。

「あっ」

女将が驚いて声をあげ、廊下の三人も目を瞠った。

慎十郎は頭巾の侍に対峙し、首ひとつ背の低い相手を見下ろす。

「ふん、黒幕か」

言うが早いか、頭巾に手を掛け、はぐりとった。

「うえっ」

女将は固まり、後ろの三人は仰天して腰を抜かす。

頭巾を外された当の本人は、三白眼で睨みつけていた。

鬢にも眉にも、霜が混じっている。年齢は還暦に近い。

猛禽のような眸子に怒りを込め、重厚な声を搾りだす。

「無礼者め。おぬし、酔うておるのか」

「酔うてはおらぬ。はなしのタネに、黒幕とやらの顔を拝んでおきたくなってな」

「黒幕だと」

「そうさ。おぬしら、何を企(たくら)んでおる」

老侍の顔が茹(ゆ)で蛸(だこ)のように赤くなっても、慎十郎はいっこうに怯(ひる)まない。

「そうだ。名乗っておこう。わしの名は毬谷慎十郎。そちらの名も聞かせてほしい」

「野良犬に名乗る名など持たぬわ」

老侍は吐きすて、腰の刀に手を掛ける。

そのとき、片山がひょいと赤ら顔をみせた。

「あっ、毬谷、何をしておる」

慎十郎の肩に手を掛けようとして、片山はするっと足を滑らせた。

「ぬおっ」

刹那(せつな)、老侍が素早く刀を抜いた。

手練(てだれ)の抜刀術だ。

慎十郎は躱しそこね、脇腹を浅く裂かれた。

ちょうどそこへ、片山が泳ぐように身を投げだす。

鋭利な切っ先が、ひゅんと喉笛(のどぶえ)を裂いた。

「ふえっ」

哀れな用心棒は、血走った眸子を剝いた。

喉笛がぱっくりひらき、鮮血が噴きだす。

片山の落ちた三和土一面に、血の海が広がっていった。

「きゃああ」

女将が首を伸ばし、絶叫した。

「下郎、そこになおれ」

怒鳴りつける老侍に向かって、慎十郎は咄嗟に体当たりをぶちかます。

「ぬわっ」

老侍は玄関の外まで吹っ飛び、気を失ってしまった。

「な、何てことをしてくれたのだ」

角倉屋は顎を震わせ、上がり框に立ちつくしている。

慎十郎はものも言わず、凄惨な光景に背中を向けた。

死んだ片山にたいして、すまぬ、すまぬと繰りかえし、小舟の待つ桟橋ではなく、
竹藪のなかへ分けいった。

六

竹藪を抜け、隅田川と綾瀬川の合流する鐘ヶ淵の近くまで行くと、梅若伝説で有名な木母寺にたどりつく。寺は十五日の大念仏法要を控えていたが、親切な住職の恩義に甘え、宿坊に五日間も置いてもらった。

そのあいだ、ずっと小雨が降りつづき、花見客にとっては恨めしい雨となったが、慎十郎は本堂の片隅で坐禅三昧の日々を過ごした。

「梅若の涙雨じゃな」

住職は有名な「隅田川」の謡をひと差し舞ってみせ、平安中期、京洛で人買に攫われて奥州へ下る途中、隅田堤で非業の死を遂げた貴公子と、腹を痛めたわが子を遥々訪ねあて、その死を知って気の触れた母御前の悲劇を再現してみせた。

「尋ねきて問はばこたへよ都鳥、隅田川原の露と消えぬと。梅若の辞世じゃ。噛みしめるがよい」

慎十郎に何ひとつ事情を問うこともなく、そっとしてくれたことに感謝しつつ、七日目の弥生十日になって久方ぶりに寺の外へ出た。

「西両国の広小路にお救い小屋が建つ。手伝いに行ったらどうか」

住職のはなしでは、大量の米を供出した奇特な人物は『美濃屋』という馬喰町の米問屋らしい。

「信心深いご夫婦でな、三年前、とんでもない不幸に見舞われた。二十歳になった娘を辻強盗に殺められたのじゃ。爾来、お救い小屋へ米を送りつづけておる。愛娘は餓えた狼どもの餌食にされた。狼どもをはびこらせている世の中を、少しでも変えたい。それが娘の供養になると仰ってな」

真心の籠もった粥で哀れな衆生の空腹を満たしているのだと、住職は涙ぐんだ。

この世も捨てたものではない。

慎十郎は感慨に耽りつつ、本所から大橋を渡った。

毛のような雨の降るなか、お救い小屋には長蛇の列ができていた。

高札場には「辻斬りの訴人には金五両」と書かれた新しい高札が立っている。

大鍋のそばに木母寺の若い僧をみつけ、手伝いたいと告げると、柄杓を預けられた。

捻り鉢巻に襷掛けで、さっそく、大鍋から柄杓で粥を掬う。

列に並んだ連中は、うらぶれた元百姓や浪人たちで、みな、生きながらに死んだような顔をしている。

まるで、幽鬼の群れだ。

少しでも元気づけようと、ひとりひとりに声を掛けてやった。

「ほれ、精をつけろ。元気を出せ」

いくら語りかけても、応じてくれる者はいない。

「腹が空きすぎて、声も出ぬのか。ほれ、この粥一杯で命が繋がるのだ。神仏に感謝しろ」

突如、後ろに並んだ浪人が怒鳴った。

「うるせえぞ。黙って粥を掬え」

「何だと」

顎を突きだすと、餓えた群衆が一斉にこちらを睨みつける。

「うっ」

慎十郎はたじろいだ。

死んだも同然の連中が、双眸をぎらつかせている。

今しも暴発しそうな勢いに圧倒され、恐怖を感じた。

「わしらの何がわかる。莫迦たれめ、黙って粥を掬え」

口惜しいが、抗（あらが）うことばもない。

俯(うつむ)いて粥を掬うと、涙が零(こぼ)れてきた。

どうして悔し涙が溢れてくるのか、自分でもよくわからない。

粥を掬い、憐(あわ)れみを施した気分になっていた。そんな自分が阿呆におもえてくる。

理不尽な世の中への憤りが、胸の底に渦巻いていた。

餓えた者たちは、刃のような眸子を向けてくる。

——おぬしにいったい、何ができる。

わかっている。だが、自分ひとりではどうすることもできない。

世の中をひっくり返したくても、どうすればよいのか見当もつかないのだ。

怒りの込められた無数の眸子が、慎十郎の胸に突きささってくる。

やめてくれ。そんな目でみるのは、やめてくれ。

一刻も早く、この場から逃れたい。

そうおもったとき、誰かに名を呼ばれた。

「毬谷慎十郎ではないか」

目を向ければ、蟋蟀(こおろぎ)顔の懐かしい人物が立っている。

「恩田信長どのか」

「むふふ、そうじゃ」

恩田は無精髭を伸ばし、欠け茶碗を握っていた。

「こんなところで会うとはな。誤解いたすな。貧しておるわけではない。験(ため)しに並んでみただけのことさ」

欠け茶碗を捨て、恥じらうように笑う。

「これぞ、天の助け。ちと、付きあえ」

無理に誘われ、慎十郎は大鍋から離れた。

広小路から逃れ、大川沿いの薬研堀(やげんぼり)へ向かう。

難波(なんば)橋のたもとに、小汚い一膳飯屋(いちぜんめしや)があった。

恩田は暖簾(のれん)を振りわけ、奥の床几(しょうぎ)にどっかと座る。

饐(す)えた臭いを振りまきながら、酒肴(しゅこう)と丼飯(どんぶりめし)を注文した。

「おぬし、小銭程度は持っておるのだろう」

「ああ」

頷(うなず)いてやると、恩田はこの世の楽園をみたような顔をする。

冷や酒が出された。

ぐい呑みに注いでやると、恩田は涙ぐむ。

「久方ぶりでな」

短い睫を瞬きながら、尖らせた口をぐい呑みに近づけ、味わうように舐めながら、にんまりする。そして、ひと息に流しこんだ。

「ぷへえ、これよこれ。生きていてよかった。おぬしがほとけにみえるぞ」

「大袈裟な」

「大袈裟なものか。聞いてくれ。わしはな、おぬしに嘘を吐いていた。わしは侍ではない」

「え」

「上役を斬って出奔したというはなしは、真っ赤な嘘だ。兇状持ちのお尋ね者と言うたのも、ただの強がりでな。わしは加賀の水呑み百姓だったのさ」

谷間の小さな村は飢饉に見舞われ、疫病が流行り、親兄弟はみな死んだ。生きのこった者もみんな逃げ、村はひと晩で無くなった。さいわいなことに、多少の読み書きはできたので、寺男になって必死に文字を学んだ。さらに、生きのびるために侍と偽り、恩田信長などと、強そうな名を名乗ったのだという。

「しばらくは、街道脇の峠で山賊稼業をしておった。腰の刀はそのとき、旅人から奪いとった代物でな。友のおぬしに嘘を吐いて申し訳なかった。このとおり、謝る。許してくれ。嘘を吐いたことは心から悔やんでおるのだ。されど、嘘でも吐かねば、おぬしと酒を酌み交わすこともできなかったであろうよ」

泣きながら許しを請う哀れな男を、慎十郎は責める気にならなかった。

そこへ、山盛りの丼飯が運ばれてきた。

湯気の立った頂きをかっこみ、恩田はのどを詰まらせる。

酒で溶かして流しこみ、ふたたび、丼にかぶりつく。

旬の煮蛤と筍も出された。

慎十郎が箸を付けようとするそばから、恩田が掻っ攫っていく。

「ぷへへ、美味え。友ってのは、いいもんだなあ」

恩田は蛤の汁を吸い、瞳を爛々とさせた。

「ふう、やっと腹も落ちついた。さあて、ものは相談だが、おぬしもやってみないか」

「何を」

「世直しだ」

「世直し」

「ああ、まさに世直しだ。おぬしとこうして出逢えたのも、神仏のお導きであろう」

恩田は藪から棒に、わけのわからないことを言う。

「今宵、決行する。おぬしがおれば百人力。わしも仲間に大きい顔ができる」

「仲間」

「ああ、そうだ。みたであろう。お救い小屋に並んでおった連中さ。もちろん、全員ではない。あのなかに、怒りを腹に溜めこんだ者が大勢いる。志のある仲間と呼んでもよかろう」

恩田のことばが、胸にびんびん響いてくる。

しかし、肝心のことがわからない。

「いったい、何をやらかす気だ」

「ふふ、そいつはあとのお楽しみ。わしに任せておけ」

恩田は不敵な笑みを浮かべ、酒をかぽっと呷（あお）った。

七

夜の帷（とばり）が降りたころ、慎十郎は恩田に誘われ、蔵前の元旅籠町にある正覚寺へ向かった。裏手にまわってみると、雑木林に囲まれた広大な馬場があり、何とも異様な扮装の連中が待ちかまえていた。

合戦場へ向かう足軽のように胴丸や籠手や臑当てを着け、顔には黒く塗った天狗の面をかぶっている。

「黒天狗か」

胡散臭い顔をすると、恩田が耳許で囁いた。

「黒天狗さまは世直し大明神のお使いじゃ。滅多なことを言うもんじゃない」

誰何もされず、雑木林の隧道を抜けると、雑草の生えた空き地に出た。

正面にくずれかけた御堂があり、両脇には篝火が煌々と焚かれている。

大勢の人が集まっているのだが、ほとんどは襤褸を着た百姓たちのようだった。

不作と飢饉に喘ぎ、家族を失い、生まれ育った村を捨てた哀れな連中にちがいない。

うらぶれた浪人のすがたも、かなり見受けられた。

野良犬も同然に、餓えた眸子だけを光らせている。

篝火の脇には「大塩党」「米よこせ」などと書かれた筵旗が立てられ、夜風にはためいていた。

ここまでみせられたら、今宵これから何をやるかは容易に想像できる。

「打ち毀しか」

慎十郎が吐きすてると、恩田は胸を張った。

「そうよ。世直しとは、打ち毀しのことさ。餓えた連中を尻目に、自分だけ儲けている悪徳商人に引導を渡すのだ」

「そんなことで世の中が変わるとでも」

慎十郎の声は、人の熱気に溶かされてしまう。

餓えた連中のなかには、見知った顔もあった。

禿頭の大男、浅茅ヶ原で痛めつけた白鴉の頭目だ。

たしか、海坊主の五郎太といったか。

恩田と親しげに挨拶を交わしている。

「うえっ」

目と目が合った途端、五郎太は腰を抜かしかけた。

かたわらから、恩田が割ってはいる。

「待て待て。こちらの五郎太どのには、むかし、ずいぶんと世話になったのだ。金に困っておられると聞いてな、今宵の打ち毀しに誘ったのさ」

恩田は慎十郎に近寄り、声をひそめる。

「わしら浪人は百姓の護衛役なのだ。ひとり一両の報酬を貰える。な、おいしいはなしだろう。何があったか知らぬが、五郎太どのと仲良くしてくれ」

海坊主は助け船を出され、媚びた顔を向けたが、慎十郎は相手にしない。

あたりがざわめきはじめた。

黒天狗の一団があらわれ、御堂の正面に整列したのだ。

十余人はいる。

なかでも際立って大きな男が、野太い声をあげた。

「みなの衆、黒天狗さまのはなしを聞いてくれ」

からだつきにも、声にもおぼえはあったが、天狗の面をかぶっているので、面立ちはわからない。

記憶をたどっていると、御堂の扉が音もなく開いた。

ざわめきは、瞬時におさまる。

黒天狗の首魁が登場し、下々を睥睨するように喋りはじめた。

「みなのもの、ようく聞け。われらはこれより、天に与えられた正義をおこなう。私利私欲に走り、困窮した者を顧みようとせぬ強欲商人の米蔵を襲うのだ。奪った米俵も金品も、すべておぬしらにくれてやる。ぬはっ、取り放題じゃ。遠慮はいらぬ。強欲商人に、おぬしらの手で引導を渡してやれい」

力強く発せられたことばは、鬱憤を腹に溜めた連中の怒りに火を点けた。

ここで異を唱えたら殺される。そうした恐怖に駆られ、慎十郎は沈黙するしかない。

「ふわああ」

怒濤(どとう)のような歓呼が沸騰し、無数の拳が突きあげられる。

「蔵を壊せ。ぶち壊せ」

目の色の変わった連中の手に、鍬(くわ)だの鋤(すき)だのといった得物が渡されていった。

気勢をあげる集団は何隊かに分けられ、裏道から神田川に向かっていく。

慎十郎は気のすすまないまま、隊列のひとつに従った。

柳橋を渡って両国広小路へ出ると、恩田が声を掛けてくる。

「へへ、高札がある。辻斬りの訴人には金五両だとさ」

どうして、わざわざ教えたのか、慎十郎には知る由もない。

一団は広小路を突っきり、黒天狗の煽動(せんどう)で馬喰町の一角へたどりついた。

すでに、ほかの隊は先着しており、黒天狗の一団が商家の表口に整列している。

「これより、天罰を下す」

首魁の号令に導かれ、巨漢の黒天狗が大杵(おおぎね)を抱えて表口のまえに立った。

「扉が破られたら、一気に雪崩(なだ)れこめ」

「おう」

恩田も海坊主も、拳を突きあげる。

巨漢は一歩踏みだし、大杵を振りあげた。

そのとき、慎十郎は初めて屋根看板を目にした。

——美濃屋。

どきんと、鼓動が鳴った。

お救い小屋に米を供出した善人夫婦の店ではあるまいか。

咄嗟に、そうおもった。

「待て、待ってくれ」

必死の叫びは、板戸の破れた大音響に掻きけされる。

「ぬわああ」

得物を抱えた連中が、つぎつぎに破孔へ吸いこまれていった。

板戸そのものが蹴倒(けたお)され、暴徒と化した輩が洪水となって雪崩れこむ。

「邪魔する者は斬れ。容赦するな」

黒天狗の首魁は白刃を抜き、喜々として叫んだ。

「ひゃああ」

奉公人たちの悲鳴が、奥のほうから聞こえてくる。

「おったぞ、強欲商人がおったぞ」

巨漢が老爺の襟首を摑み、引きずってきた。

「お助けを、お助けを」

老爺は、必死に奉公人たちの命乞いをする。

「蔵の鍵はどこだ。早く開けろ」

巨漢は拳を固め、抗うこともできない老爺を撲った。

「やめろ」

慎十郎が助けに向かおうとするや、天井の梁が落ちてきた。

「くわああ」

粉塵が濛々と舞うなか、暴徒は雄叫びをあげている。

もはや、店内は収拾のつかない状態になっていた。

「蔵が開いたぞ。お宝を運びだせ」

勝手口のさきに庭があり、大きな米蔵が建っている。

暴徒は蔵へ押しいり、つぎつぎに米俵を運びだした。

「えい、退け、退かぬか」

海坊主の五郎太が、鬼のような形相で蔵から出てきた。

両脇には何と、千両箱を抱えている。

「この野郎、独り占めするな」

浪人どもが入口に群がり、小競りあいがはじまった。

「何をやっておる。捕り方どもがやってくるぞ」

差配役の黒天狗が叱(しか)っても、事態は収拾しない。

そこへ、大杵を振るった巨漢がやってきた。

浪人どもの首根っこを押さえ、芋でも引っこ抜くように除いていく。

最後に残った海坊主が、巨漢の黒天狗に抗った。

「お宝は取り放題と聞いたぞ」

「黙れ、千両箱を寄こせ」

「そっちこそ、黙りやがれ」

海坊主は千両箱を抛り、段平を抜きはなつ。

「死ね」

大上段から斬りつけるや、巨漢の面がふたつに割れた。

晒(さら)された仁王のような顔には、たしかに見覚えがある。

「岩城権太夫か」

慎十郎がつぶやいた瞬間、岩城の剛刀が海坊主の素首を薙ぎとばした。

「ひぇっ」

誰もが目を疑った。

そばにいた恩田は、頭を抱えて蹲る。

「ぬおおお」

返り血を浴びた岩城は吼えあげ、闇雲に白刃を振りまわす。

浪人と百姓が何人か斬られ、蔵の周囲は血の海となった。

混乱の坩堝と化したなかへ、黒天狗の首魁があらわれた。

もはや、慎十郎には首魁の正体がわかっている。

吉原で刃を向けてきた大身旗本の御曹司だ。

「笹部右京之介」

師匠と慕う一徹の背中を斬った男でもある。

「おのれ」

慎十郎は右京之介に向かって、頭から突進していった。

「待てい」

真横から岩城があらわれ、からだごとぶつかってくる。

「うわっ」

大杵で叩かれたような衝撃とともに、慎十郎は蔵の壁まで吹っ飛ばされた。

我に返ると、目前に岩城の顔があった。

眦を吊り、刀を大上段に構えている。

「死ねい」

おもわず、目を瞑った。

だが、白刃は振りおろされてこない。

目を開けると、岩城が覆いかぶさってくる。

「ぬうっ」

すでに、こときれていた。

重いからだを除けると、背中に刀が刺さっている。

恩田がすぐ脇で尻餅をつき、がたがた震えていた。

「おぬしが殺ったのか」

問いかけると、泣きそうな顔で何度も頷く。

そうしたあいだも、米俵やお宝は盗みだされていった。

「あ、あれをみろ」

恩田が顎をしゃくったさきには、屍骸の山が築かれていた。

百姓や浪人ではない。

店の奉公人たちだった。

下女や小僧もふくまれている。

老人は美濃屋の主人にまちがいなく、隣には内儀らしき老婆の屍骸もあった。

必死に庇おうとしたのか、主人の右腕は内儀の痩せた肩をしっかり抱いている。

「あいつが……み、みなごろしにしやがった」

恩田は一部始終をみていた。

奉公人たちを殺ったのは、笹部右京之介にまちがいない。

一瞬の出来事だったという。

「うう、くそっ」

慎十郎の怒りが、火の玉となって口から迸った。

「どこだ。笹部右京之介はどこにおる」

いくら叫んでも、物狂いの人斬りはいない。

配下の黒天狗たちも消え、呼子が闇を裂くように響いてきた。

「捕り方だ、逃げろ」

動くこともままならぬ恩田を背負い、慎十郎は裏木戸へ走った。

八

五日後、十五日。

この日は梅若の大念仏法要だが、例年のように涙雨は降らず、朝から快晴となった。

打ち毀しのあった晩から、慎十郎は箕輪にあるおたねの九尺店で世話になっている。

かつて、隠密の源信が担ぎこまれた部屋だが、慎十郎は右京之介の手に掛かって死んだ伊賀者の存在すら知らない。奇妙な因縁の渦に巻きこまれつつあることさえ、はっきりと認識できていなかった。

打ち毀しの被害は甚大で、美濃屋の奉公人はことごとく斬殺され、襲ったほうの側にも多くの犠牲者が出た。ところが、不思議なことに捕まった者はひとりもおらず、襲撃に関わった者たちはみな、何処かへ逃げのびたようだった。

恩田は「十手持ちにも仲間がいるのさ」と言ったが、あながち、的外れなはなしではない。

ともあれ、黒天狗党を率いる右京之介は許し難い悪党だ。

成敗するのに吝かではないが、慎十郎としてはむしろ、関わりを持ちたくないという気持ちのほうが強い。

このたびのことで、ほとほと疲れたというのが、正直なところだった。

一方、恩田はすっかり元気を取りもどし、岩城権太夫を仕留めたことを自慢したりしている。

「なにせ、世話になった五郎太どのの首を、目のまえで薙ぎとばしたのだ。わしは怒りに震えた。無我夢中で刀を握り、磐のような背中めがけて、えいとばかりに切っ先を突きたててやったのさ。わしのおかげで、おぬしも命を拾った。わしは命の恩人だぞ。のう、そうであろう」

そのとおりだと応じてやると、恩田は満足げに胸を張った。

しかし、ふたりとも一銭も金が無い。漏れるのは溜息ばかりで、世話好きのおたねもさすがに、これ以上は面倒みきれないと泣き言を吐いた。

恩田はしばらくおもいつめていたが、何か当てがあるようなことを言い、昨晩から出ていったきり帰ってこない。

慎十郎も居づらくなり、仕方なく市中へ繰りだした。

さきほどから不吉な予感にとらわれていた。

「気のせいだろう」

　空を見上げれば、あっけらかんと晴れている。

　上野寛永寺へ足を向け、仁王門の脇から三橋を渡った。

　下谷広小路を抜け、御成街道を南下すると、見慣れた風景が目に飛びこんでくる。

「そういえば、卯太郎に頼まれておったな」

　水茶屋の看板娘に、恋文を渡すように頼まれていた。

　すっかり忘れていたが、懐中には文が仕舞ってある。

「どうせ、手渡すだけだ」

　いったんは通りすぎたが、おもいなおして踵(きびす)を返し、件(くだん)の水茶屋へ向かった。

　往来の端から眺めると、看板娘のおみよが忙しそうに動きまわっている。

　毛氈(もうせん)の敷かれた床几には、なぜか、恩田信長が座っていた。

　悩み事でもあるのか、沈んだ顔で茶を啜(すす)っている。

「おうい」

　手を振り、呼びかけてみた。

　恩田はこちらをみつけ、あっという顔になる。

　おみよも同時に気づき、手を振ってくれた。

と、そのとき。

背後に殺気が立った。

「うっ」

やにわに、鈍い衝撃をおぼえる。

どうやら、首の後ろを撲られたようだ。

振りむけば、棍棒(こんぼう)を握った岡っ引きが立っていた。

「お、おぬしは……」

がくっと膝が抜け、腰から砕けおちた。

薄れゆく意識のなかで、慎十郎は文を握りしめる。

「これを……こ、これを」

おみよに渡してほしいと願ったところで、詮無いはなしだ。

昏倒(こんとう)した慎十郎は雁字搦(がんじがら)めに縛られ、戸板のうえに転がされた。

九

——ぽた、ぽた、ぽた。

水滴の音が聞こえる。

目を醒ますと、醜悪な顔に覗かれていた。

「うっ」

全身に痛みが走る。

後ろ手に縛られ、泣柱に繋がれているので、身動きひとつできない。

徐々に記憶が蘇ってきた。

拷問蔵に押しこめられ、手はじめに笞で打たれた。

裂けた背中の傷口に塩を擦りこまれ、悶絶を繰りかえした。

そのあとは、三角に削った材木のうえに正座させられ、一枚十三貫目の伊豆石を十数枚も膝に積みあげられた。そこまでは序の口で、つぎは後ろ手に縛られ、胡座の恰好で足と首を縄できつく縛る海老責めにされた。組んだ足が顎にくっついた恰好で半日余りも転がされ、気を失うと水を頭から掛けられた。

それでも音をあげずにいると、こんどは背後に両手首を捻じあげて縛られ、高い天井から吊された。足下には冷水を溜めた大瓶が置かれ、気絶すると水のなかに頭のてっぺんまで沈められ、息ができずに藻掻くと引きあげられた。

そうした責め苦を何度となく繰りかえされ、痛みの感覚すら無くなっていた。

数えきれぬほど撲られているので、顔は満月のように腫れあがっている。

「しぶとい野郎だぜ」

吐きすてる岡っ引きの顔は、よくおぼえている。

黒門町の勘助、おみよの件で痛めつけた相手だ。

どうやら、あのときのことを根に持っていたらしい。

「てめえ、辻斬りの下手人なんだろう」

臭い息を吐きかけられ、捕まった理由を合点した。

両国広小路に掲げられた高札と、水茶屋で見掛けた恩田の沈んだ顔が重なった。

高札には「辻斬りの訴人には金五両」とあった。

恩田は五両欲しさに「友」を売ったのだ。

怪我を負った隠密に頼まれて龍田藩に足労したことも、慎十郎を捜して丹波道場まで出向いたことも失念していた。目の前の五両しかみえていなかったのだ。

慎十郎に恨みを抱く勘助が、恩田のはなしに乗った。

手柄をあげると同時に、憎い相手も始末できる。

勘助本人も認めるとおり、一石二鳥を狙（ねら）ったのだ。

売られたとわかっても、恩田に恨みは感じない。

それよりも、腹が減っていた。

熱い味噌汁が呑みたい。

「ふん。こうなったら、こんくらべだ」

いったい、どれほどのあいだ、こうして痛めつけられているのか。

陽も射さぬ蔵に閉じこめられたきりなので、夜か昼かもわからない。

しばらくすると、ぎいっと石の扉が軋み、人影がひとつあらわれた。

「あっ、鴨下さま」

「おう、どうだ、勘助」

すがたをみせたのは、五十がらみの同心だ。

近づいて屈みこむなり、慎十郎の頬を平手で叩く。

「ふてぶてしい面あしてやがる。おめえ、美濃屋を襲った連中のなかに混じっていたそうだな。へへ、黒天狗どもは捕まらねえよ」

鴨下と呼ばれた同心は、意外な台詞を吐いた。

「あれはな、お上も公認の悪党どもさ」

「ど、どういうことだ」

「おめえが罪を認めりゃ、教えてやってもいいぜ」

「わしは、誰も殺めておらぬ」

「へへ、まあいいや。どうせ、おめえは獄門行きだ。あの世の土産話に教えてやらあ。おめえ、打ち毀しの狙いが何だかわかるか。ふん、わかるめえな。狙いは米相場さ。米問屋をぶっ潰して米不足にさせておき、相場をぐんと引きあげる。相場があがって喜ぶのは札差だ。美濃屋の一件だけじゃねえぜ。このところつづいた一連の打ち毀しは、阿漕な札差が描いた絵なのさ」

阿漕な札差は、町奉行所のお偉方にも顔が利く。

お偉方のなかには、正義よりも山吹色を好む輩がいるらしい。

「その方の鶴の一声があれば、しがねえ廻り方はへえこらしたがうしかねえ。かくいうおれさまも、阿漕な札差にゃいいおもいをさせてもらった。へへ、最初から、本腰入れて取り締まる者がいねえんだ。打ち毀しが無くなるわけはねえ。そうだろう」

「下郎め」

「そのとおり。江戸ってな、下郎だらけでな。まっとうな連中は莫迦をみるようにできているのよ」

「札差の名は」

角倉屋喜左衛門の蝦蟇顔が目に浮かぶ。

「ふん、言わねえよ。そいつを知ってどうする。ここから逃げだし、天罰でもくれてやる気か。へへ、そうはいかねえ」

鴨下は立ちあがり、どすっと腹に蹴りを入れてきた。

腹を抱えて蹲る慎十郎に、ぺっと唾を吐きかける。

「札差ってな、利口なやつらだ。役人に尻尾を掴ませねえ。ま、おめえにゃ関わりのねえことだが、喋ったら何やらすっきりしたぜ」

鴨下は去り、ふたたび、永遠にも感じられる時が流れていった。

——ぽた、ぽた、ぽた。

水滴の音で目を醒ますと、こんどは別の顔があった。

顔ばかりか、匂いまでが懐かしい。

「お、おぬしは……と、友之進」

かつて、実家の道場で鎬を削った相手だ。

「慎十郎よ、ずいぶん、こっぴどくやられたな」

友之進は傷の程度を調べ、顔を顰める。

「ど、どうして……お、おぬしがここに」

「説明はあとだ。とにかく、ここから出よう」

「お、おう」

すでに、縛め(いまし)は解かれている。

石の扉を開けると、強烈な陽光に目を射抜かれた。

十

海に張りだす品川御殿山(ごてんやま)の桜は、今が盛りと咲きほこっている。

はらはらと散りゆく花弁の下には、煌(きら)びやかな大名行列をのぞむことができた。

縄手高輪の松林に囲まれた一角に『あずさ屋』という船宿がある。

そこで慎十郎は丸一日、昏々(こんこん)と眠りつづけた。

眠っているあいだ、誰かの優しい手で頰を撫でられたような良い気分になった。

夢のなかに浮かんできたのは、遠い過去に出遭ったことのある美しい娘の顔だ。

――静乃。

その名を、何度も呼んでいた。

出遭いは四年前、静乃は裏山へ花摘みに出掛けたさきで、山賊どもに襲われた。

これを救ったのが、齢(よわい)十六の慎十郎だった。

立木の太い枝を折るや、刀代わりに振りまわし、十余人からの山賊どもをひとり残らず叩きのめしてやった。

そのとき、静乃が毅然と発したことばが忘れられない。

「ありがとう。あなたは命の恩人です」

凛々しい十三の娘に、慎十郎は一瞬にして心を奪われた。

後日、呼びだしに応じて豪壮な屋敷を訪ねてみると、娘の祖父である頑迷そうな重臣が待ちかまえていた。

聞けば、江戸家老の赤松豪右衛門だという。

若輩者の身にすれば雲上の人物であったが、生まれつき物怖じすることを知らない慎十郎はふてぶてしくも「褒美なぞいらぬ」と言いはなった。

そして、本心をぶつけた。

「姫をくれ」

豪右衛門は我を忘れ、刀に手を掛けた。

「無礼者、身のほどをわきまえよ」

一喝され、じつに痛快だったのを鮮明におぼえている。

それにしても、たったいちどしか会ったことのない静乃が、どうして夢に何度も出てくるのか不思議だった。

ひょっとしたら、夢ではないのかもしれない。

「まさかな」

妙なおもいにとらわれつつ、慎十郎は二階の窓から、緩慢に進む大名行列を眺めた。

畳のうえには、空になった飯櫃が置いてある。

もちろん、猫足膳に並んだ皿や椀も空だった。

それでも、まだ空腹は満たされていない。

責め苦で痛めつけられた傷口が疼くので、強い酒を呑みたかった。

襖障子の向こうに、人の気配が近づいてくる。

身構えると、棘のある声が聞こえてきた。

「はいるぞ」

面長の顔をみせたのは、石動友之進にほかならない。

「どうだ、傷のぐあいは」

「これしきの傷、どうってことはない」

「肋骨が何本か折れておった。生爪は剝がれ、背中の皮も裂けておったぞ。三日三晩、馬喰町の朽ちかけた味噌蔵のなかで、惨い責め苦を受けておったのだ。それでも、一日休めばけろりとしておる。おぬしらしいな」

　友之進は膳を除け、どっかと胡座を掻いた。

　背中に隠していた一升徳利を取りだし、まんなかに置いてみせる。

「お、さすが友之進、わかっておるではないか」

「蟒蛇（うわばみ）に効く薬は、これしかあるまい」

　椀に冷や酒を注ぎ、手渡してくれる。

　慎十郎はこれを押しいただき、ごくごく咽喉を鳴らして呑んだ。

「ぷはあ、ふはは、これよこれ」

「地獄から還ってきた気分はどうだ」

「快適、快適。ところで、おぬしは今、江戸藩邸におるのか」

「そうだ。さる方に仕えておる」

「さる方」

「ああ、その方の命で、おぬしを引きとりにいった。藩士でもない浪人の身柄をどうして引きわたさねばならぬのか、腐れ役人どもはぶつぶつ文句を吐いたが、やつらも町奉行の命には逆らえぬ」

　江戸町奉行まで動かすことができる人物といえば、かぎられてくる。

本丸老中でもある藩主安董公の名が過ったが、慎十郎は首を振った。

まさか、そんなことはあるまい。

五万一千石の藩主が、一介の浪人を救うはずはなかろう。

「ちなみに、おぬしに責め苦を与えた同心と岡っ引きは謹慎を申しつけられた。早晩、役目を解かれ、牢に繋がれる。辻斬りの下手人を知っておきながら、無実のおぬしを罪人に仕立てようとしたのだ。言い逃れはできまい」

慎十郎は、酒を満たした椀を置く。

「ちょっと待て。あやつら、辻斬りの下手人を知っておったのか」

「さよう。知っていても、手の出せぬ相手だ」

「手の出せぬ相手」

「旗本さ。辻斬りだけではないぞ。そやつは、おぬしが関わった打ち毀しの首謀者でもある」

「何だと」

「熱くなるな。まあ、呑め」

口に入れた酒が、急にまずく感じられた。

念頭には、物狂いの顔が浮かんでいる。

「笹部右京之介か」

「勘がいいな。されど、この件にはまだ裏がある」

「教えろ」

「わしの口からは教えられぬ」

「何だと」

「今宵、さる方の御前に参じる。そのとき、おはなしがあるやもしれぬ」

「さる方とは」

「今は言えぬ。その方に密命を授けられたら、おぬしは拒むことができぬ。なにしろ、命を救っていただいた恩人なのだからな」

　慎十郎は苦りきった顔で、椀の酒を呷った。

「友之進、ひとつだけ教えてくれ。おれが捕まっていることを、どうやって知った」

「おまえを罠に嵌めた男が、藩邸へ報せにきたのだ」

「何だと」

「恩田信長とかいう虫螻さ。おおかた、罪の意識にさいなまれたのだろうよ」

　三日三晩悩みつづけ、仕舞いに我慢できなくなったにちがいない。

　恩田の報せを受け、ほどもなく、友之進に身柄受けとりの命が下されたのだという。

「ふん、気の進まぬ役目であったわ」

嘘とも真実ともつかぬ台詞を吐き、友之進は薄く笑う。

慎十郎は悲しげな顔になり、窓の外に目をやった。

大名行列は遠ざかり、旅人たちが何事もなかったかのように街道を行き来しはじめている。

人に裏切られるよりも、人を裏切ることのほうが辛(つら)い。

慎十郎は恩田を訪ね、気にするなと言ってやりたかった。

十一

夜も更けた。

友之進にともなわれ、船宿から外に出た。

潮風を胸腔(きょうこう)いっぱいに吸いこむと、傷の疼きが砂浜に溶けていくように感じられた。

昏い海に突きでた桟橋のさきに、ぽっと船灯(ふなあか)りが点(つ)いている。

品川の岡場所も近い。遊冶郎(ゆうやろう)の若旦那が仕立てた花見船であろうか。

「ふふ、あそこだ」

「え」

「船のなかで、御前がお待ちだ」

友之進はさきに立ち、狭い桟橋を進んでいく。

頭上には月があった。

凪いだ海原の涯ては妖しげに光り、ともすれば吸いこまれそうになる。

屋根船には、障子に囲まれた四角い部屋が載っていた。

友之進は舷で跪き、障子の向こうに声を掛ける。

「御前、毬谷慎十郎を連れてまいりました」

「はいれ」

「はは」

障子を開けると、有明行灯のそばに「御前」と呼ばれた人物が端座している。

部屋は三畳敷きで、茶室のようでもあった。

茶ではなく、酒を燗する七輪が置かれ、その人物は熱した網のうえで何かを炙っていた。

友之進は桟橋に下がり、乗り気でない慎十郎の袖を引っぱる。

仕方なく、部屋の内へ首を差しいれると、香ばしい匂いが漂ってきた。

「鯣（するめ）じゃ。食うか」

「え」

助けてもらった礼を言うのも忘れ、大きなからだを縮めて対座する。

「わしをみろ。ほれ、この顔にみおぼえがあろう」

首を伸ばし、相手の皺顔（しわがお）を穴があくほどみつめる。

「あっ、ご家老」

江戸家老、赤松豪右衛門であった。

「おぼえておったか。四年ぶりじゃのう」

静乃を救って一喝されたときの記憶が、まざまざと蘇ってくる。

「そなたの父より、そなたを勘当したいとの願い出があってな、わしのほうで受理しておいた」

「かたじけなく存じまする」

「不満ではないのか」

「ええ、いっこうに」

「ふふ、あいかわらず、あまのじゃくよのう。近（ちこ）う寄れ」

豪右衛門は朱塗りの盃を慎十郎に持たせ、みずから酒を注いでくれる。

「一介の浪人となった気分はどうじゃ」

「すこぶる爽快にございます」

「ふん、さようか。その若さが羨ましいのう。されど、油断は禁物じゃ。世の中、おのれひとりでは渡ってゆけぬ。誰かの助けがなければな。こたびのことで、それが身に沁みてわかったであろう」

「はい」

「ふむ、それがわかればよい。おぼえておるか。おぬしは江戸へ出てきたその日、日本橋の往来で死にかけたところを救われた」

「忘れようもございませぬ。親切なご坊が鉢から施し飯を分けてくださりました」

「恩義を感じたか」

「はい。山よりも重い恩義を感じました」

蝙蝠のかたちをした顎の痣が、記憶のなかに蘇ってくる。

「さすれば、ご坊の恩義に報いねばなるまい。それが武士というものであろう」

「ご家老、いったい、どういうことでござりましょう」

「おぬしを救ったご坊は死んだ。もはや、この世におらぬ」

「げっ、まことですか」

「人斬りに斬られたのじゃ」

「人斬りとは」

慎十郎は眸子を剝き、膝を乗りだす。

豪右衛門は充分に間を取り、こともなげに吐いた。

「笹部右京之介じゃ。知らぬ相手ではあるまい」

またか。

あらゆる悪事の行きつくさきに、笹部右京之介が超然と佇んでいる。

「物狂いだそうじゃ。野放しにしておくわけにもいかぬ」

「拙者に、その者を討てと仰せですか」

「ご坊の霊を慰めるためにもな。できぬのか」

「いえ」

「ならば、何を迷うておる」

「迷うてなど、おりませぬ」

「そうはみえぬ。人を斬ることに、ためらいがあるようじゃな。そのためらいが命取りとなろう。ゆめゆめ、そのことを忘れるな」

「は」

「そういえば、勘当の願い書に添えて、おぬしに宛てた文を預かっておった」

「父からですか」

「ほかに誰がおる」

豪右衛門は怒ったように言い、文筥から取りだした文を畳に滑らせた。

「江戸家老のわしに勘当した子息への文を託すとは、あいかわらず、怪しからぬ男よ」

「恐れいります」

「開いてみよ」

「え、この場で開くのですか」

「あの古狸めが何を書いたか、ちと興味がある」

「では」

慎十郎は少し緊張した面持ちで、文を開いた。

――捨身。

とある。

骨のように細くて節くれだった文字だ。

文を畳にひろげてみせると、豪右衛門は唸った。

「これが慎兵衛の筆跡か。ふむ、何とも味がある」

「ご家老、捨身とは仏語にござりましょうか」

「さよう。誰かのために身を捨てる。崇高な覚悟のほどを説いた教えじゃ」

「誰かのため」

「さしずめ、禄を頂戴する藩士ならば藩主ということになろう。されど、今のおぬしは主君を持たぬ。命懸けで守るべきお方がおらぬというのは、武士としてまことに情けないはなしじゃ。一命を賭しても守るべき者を早くみつけろと、慎兵衛は説いておるのであろう。親心じゃな」

「くっ」

慎十郎は泣くまいと歯を食いしばり、文を丁寧にたたんだ。

「ちと喋りすぎた。もうよい。さがれ」

「は」

慎十郎は点頭し、屋根船から降りた。

月は群雲に隠れ、海原はさざ波を立てはじめている。

「まいろうか」

友之進に誘われ、不安定な桟橋をたどっていくあいだ、慎十郎は武者震いにも似た震えを止めることができなかった。

十二

友之進は船宿に戻ってから、悪事のからくりを淡々と喋った。

龍野藩がこのたびの一件に乗りだすきっかけとなったのは、藩御用達の醤油問屋『播磨屋』が打ち毀しに見舞われたことだった。

「角倉屋の提灯持ちは知っておるな」

「安房屋長兵衛か」

「さよう。安房屋は角倉屋に頼み、商売敵の播磨屋を襲わせたのだ」

「襲わせた」

「さよう。角倉屋は黒天狗党を使い、一連の打ち毀しを仕掛けておったのさ。醤油問屋の播磨屋が襲われたことが目くらましになった。札差の狙いはあくまでも、米問屋だ。調べてみたら、角倉屋は米問屋仲間にたいして、米を売り惜しみせよと重圧を掛けておった。これに反撥（はんぱつ）する俵屋や美濃屋といった米問屋を襲わせ、市中に米不足をもたらしたのだ」

それだけではない。角倉屋は安房屋のもとに盗み金を集め、市場に出まわるはずの米を大量に買わせていた。

御米蔵で目にした「黄札」の差された米俵も、蔵奉行とつるんで掠めとったものだ。

「すべては、米不足を演出するための手管なのだ」

米不足になれば、米価は高騰する。高騰しきったところで売りに出せば、がっぽり儲けることができる。あるいは、相場を操り、帳合と呼ぶ先物の取引で儲けることも容易となる。

醤油問屋の安房屋を使い、金の流れを巧みに隠蔽しているため、裏帳簿などから足がつくことはない。勘定所や町奉行所のお偉方も抱きこんでいる節があり、悪事の証拠を摑むのはまことに難しいと、友之進は溜息を吐く。

「まさに、やりたい放題よ。だがな、いかに強欲な角倉屋でも、後ろ盾も無しに、これほど危ない橋を渡ることはできぬ」

「後ろ盾」

「黒幕と言ってもよかろう。そやつの正体を探りだすのに、いささか苦労したわ」

向島の料亭で、用心棒の片山を斬りすてた老侍にまちがいない。

その男の素姓を聞いたとき、慎十郎にはからくりのすべてがわかったように感じられた。

「元勘定奉行、笹部修理。それが黒幕の名だ。右京之介の父親さ。蔵奉行の小田島平八は元の配下さ」

笹部修理は勘定奉行を務めていたころから、何かと黒い噂のある人物だったらしい。当時、老中首座にあった松平康任の失脚にともない、不本意ながらも役を解かれ、しばらくは静かにしていたものの、悪徳商人の角倉屋と関わるようになってから息を吹きかえした。

子息の右京之介を走狗（そうく）に使い、まっとうな米問屋を襲わせ、江戸市中に混乱の種をばらまいた。それもこれも、出世の道を外れたことへの恨みが根にあったのだろう。

一方、右京之介は父の悪事を知りつつ、人の道を外れていった。

理由は、本人にしかわかるまい。

正義よりも悪のほうが、性に合っていたのか。

「いずれにせよ、自分勝手な理由で、罪もない多くの命を奪った。笹部父子は報いを受けねばならぬ」

友之進のはなしは、慎十郎にもよくわかる。

蛮行を繰りかえす右京之介はもちろん、蛮行をやらせている者たちにこそ、怒りの矛先は向けられねばなるまい。

　友之進は手酌で酒を注ぎながら、予期せぬことばを吐いた。

「そうだ。おぬしを嵌めた男のことを伝えておこう」

「ん、恩田信長が、どうかしたのか」

「死んだ」

「え」

　慎十郎は耳を疑う。

「友之進、戯れ言を吐くな」

「戯れ言ではない。今朝方、蔵前大路の道端で冷たくなっておった」

「何だと」

「見張りをつけておいたのだ。恩田は一膳飯屋で深酒をし、明け方まで管を巻いていたらしい。騙されて美濃屋を襲った経緯を、誰彼かまわず吹聴していたのだ。それを聞きつけた黒天狗の一味が、首魁に連絡を取った」

「右京之介に」

「ああ、おそらくはな」

　見張りは最後まで確かめられなかったが、恩田の屍骸は背中を一刀のもとに斬られていた。

「背中を」

殺ったのは右京之介にまちがいないと、慎十郎は察した。

「哀れな小悪党さ」

友之進によれば、屍骸の臓物は山狗(やまいぬ)に食いちらかされていたという。

慎十郎は、ことばを失った。

恩田は、根っからの悪党ではない。

慎十郎を役人に売っても、仕舞いには救ってくれた。

何よりも、江戸へ来てはじめてできた「友」だった。

慎十郎はやおら立ちあがり、友之進に背を向ける。

「おい、どこへ行く」

「友の死に顔を拝みにいく」

「友だと。あの小悪党がか」

「宮仕えのおぬしにはわかるまい。どん底で手を差しのべてくれた者のありがたさが、おぬしなんぞにわかるわけがない」

「御前の命はどうする」

今宵、悪党どもは一堂に会し、柳橋から花見の屋形船を繰りだす。

「この機を逃すのか」

「知らぬわ。おれはおれで勝手に始末をつける。助けてもらった借りは必ず返すと、ご家老に伝えてくれ」

「ふん、勝手にしろ」

慎十郎は歩きかけ、足を止めた。

「そうだ。おぬしにひとつ、聞いておきたいことがある」

「何だ」

「ご家老の孫娘は、どうしておる」

友之進の顔が曇った。

「なぜ、知りたい」

「おれは、ご家老の孫娘を救ってやった。そのことを恩に着せる気はないが、今はどうしているのか知りたくなってな」

「藩邸内におられる」

「独り身か」

「ああ」

友之進はぶっきらぼうに応じ、顔を背けた。

静乃の文を捨てたことに、罪を感じているのだ。

「なるほど、ご家老がおれを藩邸に寄せつけぬ理由はそれか。むふふ、あの狸爺(じじい)、四年前と少しも変わっておらぬ」

慎十郎は傲然(ごうぜん)と言いはなち、風のように去っていった。

十三

夕刻、暮れ六つ（午後六時頃）の鐘を聞きながら、慎十郎は箕輪の裏長屋を訪れた。

恩田の屍骸は、お針を生業(なりわい)とするおたねの部屋に寝かされていた。

弔問客もおらず、黒羽織を纏(まと)ったおたねがたったひとり、褥(しとね)のそばで眠るように俯(うつむ)いている。

慎十郎のすがたを認めても、表情を変えるわけではない。

泣きつかれた顔で軽く頷き、浄め酒の支度をしはじめる。

慎十郎は履き物を脱ぎ、板間に立ったまま褥を見下ろした。

大きな目から溢れた涙が頬を伝い、死者の顔を濡(ぬ)らしていく。

「すまぬ。救ってやれず、すまぬ」

大男の噎ぶ様子は、おたねに新たな涙を流させた。

「おまえさまに許してもらえるなら、もういちど、まっとうに生きなおしてみたい。この人は、そう申しておりました。わたしと同郷で、加賀の貧しい在の生まれなんです。食うや食わずの百姓でも、刀を腰に差せば武士にみえる。武士になれば、他人様から人として認めてもらえる。だからどうか、百姓だったことは隠しといてほしいと頼まれておりました」

おたねは洟を啜り、ふっと笑みを漏らす。

「この人、吾作って言うんですよ。水呑み百姓の倅でね、少しばかり喧嘩が強かったそうです。たったそれだけの男ですけど、真心のある人だった」

「わかっておるさ」

「毬谷さまとは真の友になりたいと、常々、申しておりました。それが、どこでどうまちがえたのか、お役人に売るようなまねを。訴人をやった報酬の五両は、そっくりここにございます。おまえさまがご赦免となったあかつきに、手渡してほしいと言づかっておりました」

五両の小判に輝きはない。

「おたねさん、それはあんたのものだ。吾作を手厚く弔ってやってくれ」

「おまえさまは、どちらへ」

「吾作に受けた恩は返さねばならぬ。南無……」

慎十郎は経を唱え、旋風(つむじかぜ)の渦巻く長屋をあとにした。

木戸門を抜けると、意外な人物が待っていた。

「あ、先生」

白髪を靡(なび)かせた老人は、丹波一徹にほかならない。

「おぬしはここにおると、咲に聞いたものでな」

咲はいったい、誰に聞いたのだろうか。

だが、そんなことよりも、訪ねてきた理由を知りたい。

「後(ご)の先(せん)じゃ」

「え」

「それを伝えにきた」

一徹はにっこり笑い、背を向けようとする。

「お待ちください」

「ほ、どうした」

「後の先とは、笹部右京之介に勝つための手管でしょうか」

「ま、そうだ。やる気なのじゃろう」

「え」

「何も迷うことはない。抜かねば死ぬだけじゃ。死ねば元も子もないわ」

「はい」

「よいか。けっして勝ちにいかぬことじゃ。勝ちにいけば負ける」

慎十郎は、一徹のことばを嚙みしめる。

「先生、丹石流には、七曜剣の返し技で、花散らしなる秘技があると聞いております。それを、ご教授願えませぬか」

一徹は黙り、磐のように対峙する。

旋風が門を抜け、慎十郎の裾を巻きあげた。

「それよ」

「それとは」

「旋風じゃ」

「旋風」

「風をもって刀となす。それ以上は言えぬ。花散らしは一子相伝の奥義、わしのあとを継ぐ者は、咲じゃ」

「仰せのとおりです」

　一徹は顔を曇らせる。

「あやつは近頃、何やら淋しそうでな。暇をみて、訪ねてくるがよい」

「訪ねたいのは山々ですが、甘えてばかりもおられませぬ」

「固く考えるな。おぬしらしくもないぞ」

「はあ」

　一徹は目を伏せ、口髭をもごつかせた。

「生きて戻ってこい。約束じゃ」

「ありがとうございます」

　慎十郎は頭を垂れ、瞳を潤ませる。

「あいかわらず、泣き上戸じゃのう」

　一徹は朗らかに笑い、矍鑠とした足取りで遠ざかっていった。

十四

こうと決めたら、行動は早い。

慎十郎は怒りを腹に溜め、暗くなりゆく市中を駆けぬける。

向かうさきは柳橋、屋形船が纜(ともづな)を繋いだ桟橋ならば知っていた。

慎十郎は楼閣風の茶屋が並ぶ柳橋へ、あっというまにたどりつく。

「ふふ、来おったな」

桟橋では、友之進が待っていた。

悪党どもを乗せた巨大な船は、すでに川面へ滑りだしている。

「ここで待っておれば、戻ってくるさ」

「待つ気はない」

「ほ、気負っておるのか。追うなら、ほれ」

友之進が指差したさきに、細長い小舟が繋がれていた。

「あの猪牙(ちょき)で追え」

「猪牙か」

「廓へ急ぐときに使う小舟さ。船頭にたっぷり船賃を弾んでおいた。首尾よくいったあかつきには、褒美が出よう」

「褒美などいらぬ。わしはな、弱い者を平気で痛めつけ、のうのうとしているやつらが許せぬのだ」

「わかった。行くがいい。ただし、肝心の右京之介はおらぬぞ」

「さもあろう。あやつ、花見の柄ではないからな」

「船上におるのは角倉屋と安房屋、蔵奉行の小田島平八、そして、笹部修理の四人だ」

「それだけ揃ってりゃ充分さ」

「笹部修理は居合をやる。油断するな」

「わかっておる」

「まんがいちのときは、おれが骨を拾ってやる」

「余計なお世話だ」

慎十郎は猪牙に乗りこみ、大川を遡上しはじめた。

川面には、大小の花見舟が繰りだしている。

猪牙は疾風となって、川面を突っきった。

低い空には、更待ちの月が輝いている。
やがて、大きな艫灯りがみえてきた。
幅の広い川のまんなかだ。
屋形船は想像よりも遥かに大きく、左右の軒に提灯をぶらさげている。
おそらく、障子に囲まれた部屋の内は、真昼のような明るさだろう。
陽気な三味線の音色や芸者たちの嬌声が聞こえてくる。
いまや、市中の米相場は、高騰の一途をたどっていた。
思惑どおりに事が進み、悪党どもにしてみれば笑いが止まらない。
おおかた、自分たちの手で世の中を動かしているような気分だろう。
「しゃらくせえ」
慎十郎は、おぼえたての江戸ことばを吐きすてた。
「船頭、びびらずに横付けしろ」
「へい」
船頭は初老の男だが、筋骨は逞しい。
どことなく、頼りになりそうな男だ。
「今どき屋形船を仕立てるなんざ、ろくな連中じゃねえ。旦那、あそこで浮かれているやつらを懲らしめてやるんでしょう。だったら、手を貸しやすぜ」

「ありがたい」

猪牙は滑るように漕ぎすすみ、屋形船の艫へ小判鮫のように張りついた。

蟲と呼ばれる屋形船の船頭は三人、そのうちのひとりが口を尖らせる。

「おい、売り物は間にあっているぜ」

「てやんでえ。てめえらに売るものなんざねえ」

猪牙の船頭は気丈に応じ、絶妙な棹さばきで舷を寄せる。

慎十郎はひらりと、屋形船へ乗りうつった。

船は平衡を失い、左右に大きく揺れる。

「こら、船頭、何をしておる」

左舷に顔を出したのは、安房屋長兵衛だった。

「ご心配なく」

返事をすると、安房屋は首を引っこめる。

慎十郎は長い棹を拾い、船頭たちを脅しあげた。

「命が惜しかったら、黙ってみておれ」

返答はない。承知したということだろう。

鬼のような慎十郎の顔をみれば、骨のある船頭でもおとなしく従うしかなかった。

「騒々しいのう」

こんどは右舷寄りの障子を開け、蔵奉行の小田島が顔を出す。

慎十郎は身を隠し、舳先のほうへまわりこんだ。

「船頭ども、おぬしら、何をぼけっと立っておる」

小田島は赤ら顔で、のっそり抜けだしてきた。

慎十郎は着物を脱ぎ、褌一丁になっている。

「おい、こっちだ」

呼びかけ、握った棹を真横に振りまわす。

――ぶん。

撓った先端が、蔵奉行の火照った頰を叩いた。

「びぇっ」

叩かれた勢いで首が伸び、小田島のからだは宙へ飛ぶ。

川面に落ちた瞬間、どんと水柱が立ちのぼった。

屋形船が大きく揺れた。

「きゃああ」

芸者たちの悲鳴が響きわたる。
安房屋が這いだしてきた。
――ぶん。
またもや棹が撓り、こんどは安房屋が昏い川面に落ちた。
水柱が立ちのぼり、船が前後に揺れる。
慎十郎も平衡を失い、舳先から転がった。
屋形を支える柱にぶつかった途端、屋根がどしゃっと崩れおちる。
角倉屋が、死にそうな顔で這いでてきた。
「おい、何があったのじゃ」
慎十郎は待ってましたとばかりに、長大な棹を大上段に振りかぶった。
「ぬりゃ……っ」
凄(すさ)まじい気合いとともども、船上で跳躍するや、猛然と棹を振りおろす。
「ぐひぇっ」
脳天を叩きのめされ、蝦蟇の妖怪は白目を剝いた。
舷に頭を叩きつけ、ぼんとからだを弾ませる。
大川の流れは夙(はや)く、冷たい。

よほどの幸運でもないかぎり、川に落ちた三人は助かるまい。

船頭たちはみな呆気(あっけ)にとられ、石地蔵のように固まっていた。

崩れた屋根のしたからは、芸者たちの啜り泣きが聞こえてくる。

「待っておれ。片を付けたら助けてやる」

最後に残った笹部修理は、船尾に悠然と立っていた。

「死に損ないの用心棒め。誰に頼まれた」

「誰にも頼まれておらぬわ」

「嘘を吐くな。どうせ、金が目当てであろう。金なら、くれてやる。五十両か、それとも百両か。わしの手下になるというなら、高値で雇ってやろう」

「糞食らえだ」

「何じゃと。わしは三千石取りの大身旗本ぞ。こうみえても、幕府の勘定奉行を務めておった身じゃ」

「それがどうした」

「平伏さぬか」

「御免蒙(こうむ)る」

修理は、じっと黙りこむ。

「おぬし、もしや、幕府の隠密か」

「見当外れだ。ただの田舎侍さ」

「田舎はどこだ」

「播州龍野」

「なるほど、読めたぞ」

修理は、ふっと笑う。

「本丸老中、脇坂中務大輔安董の密命を帯びてきたのか。憎き安董め、さては、わしが命を狙っておるのを嗅ぎつけたな」

予想もしない返答に、慎十郎は戸惑った。

笹部修理は、殿さまのお命を狙っている。

「この恨み、晴らさでおくまいか。安董さえおらねば、仙石家の騒動はうやむやにできたものを。わしはとばっちりを食い、出世の道を閉ざされた。ゆくゆくは江戸町奉行になり、大名に取りたててもらう腹でおったに。わしの夢を打ち砕いたのは、龍野の腐れ爺じゃ。ふん、まあよい。すでに、刺客は放った。近々、安董の老身はふたつにされよう。それも、陽の高いうちに、往来のまんまんなかでな」

「何だと」

「ぐふふ、急ぎ持ちかえり、上役へ伝えたかろうが、そうはいかぬ。返り討ちにしてくれるわ」

「待て。放った刺客とは、子息のことか」

「ようわかったな。右京之介は魔剣を使う。よもや、的を外すことはあるまいて」

「ふうむ」

焦りが、からだを強張(こわば)らせる。

「まいるぞ」

修理は身を低くし、間合いを詰めてきた。

相手は居合の名手、近づかれたら不利だ。

「ぬおっ」

慎十郎は棹を長槍(ながやり)のごとく構え、ずんと突きだした。

「何の」

修理は抜いた。

捷(はや)い。

すでに、白刃は鞘の内にある。

慎十郎の操る棹は、先端をすっぱり斬られていた。

「無駄だ。刀で勝負できぬなら、おぬしの命はない」

「しゃらくせえ」

短くなった棹を青眼に構え、居合に対峙する。

「ならば、死ね」

修理はつっと迫り、刀の柄に手を添えた。

その手甲を狙って、尖った棹を突きだす。

「ひょい」

またもや、白刃が閃（ひらめ）いた。

と同時に、慎十郎はどしんと尻餅をつく。

「うわっ」

船は大きくかたむき、修理が頭から転がってくる。

刀は手を離れ、吹っとんでいた。

慎十郎は修理のからだを両手で受けとめ、利き腕をへし折ってやる。

「ういっ」

ついでに左腕もへし折り、からだを軽々と抱きあげた。

「やめろ……や、やめてくれ」

「武士らしく腹を切りたいか。それなら、早く言ってくれ」
慎十郎は修理を頭上に担ぎあげ、大きく腕を振った。
大身旗本のからだは弧を描き、川の向こうへ落ちていく。
船からは遠すぎて、水柱さえも小さくみえた。
周辺に船影はなく、船灯り(ふなあか)も漂っていない。
骨のある船頭の操る猪牙が、付かず離れず随伴しているだけだ。
大川の対岸が、暗がりにぼんやり浮かんでみえた。
木母寺のあたりまで流されてしまったらしい。
褌一丁の慎十郎は、くしゃみをひとつした。
成敗すべき相手は、もうひとり残っている。

十五

和田倉門外。
——びゅる、びゅるる。
道三堀(どうさんぼり)の繁みで、雌の雲雀(ひばり)が鳴いている。

――ぴいちゅる、ぴいちゅる。

これに呼応するかのように、蒼穹（そうきゅう）から雄の鳴き声が聞こえてきた。

遥かな高みを仰げば、黒点のような雲雀が風を裂き、猛然と落下してくる。

「落ち雲雀か」

供揃えの中心に立つ友之進は、不吉な予感を抱いた。

上屋敷の海鼠（なまこ）塀からは、見事に花を咲かせた八重桜が太い枝を張りだしている。

龍野藩藩主にして本丸老中、脇坂中務大輔安董を乗せた網代駕籠（あじろかご）は、今まさに表門から外へ出てきたところだ。

「脇を固めよ」

号令を発するのは、駕籠脇に控える赤松豪右衛門にほかならない。

駕籠の前後左右を固めるのは、二十有余名からなる龍野藩の精鋭、いずれも腕におぼえのある者たちばかりだ。

一団は密集陣形をつくり、和田倉門までの半町（約五十五メートル）足らずを一気に駆けぬける。

これを、駆け駕籠という。

農民などの駕籠訴（かごそ）を避けるべく、老中を乗せた駕籠ごと全速力で駆けるのだ。

刺客が襲うとすれば、和田倉門外に横たわる四間（約七・三メートル）幅の往来であろうと、豪右衛門は言った。

そのとおりだと、友之進もおもう。

読みにくいのは、刻限のほうだ。

四つ刻（午前十時頃）の登城を狙うのか、それとも、八つ刻（午後二時頃）の下城を狙うのか。

笹部修理が漏らした「陽の高いうちに、往来のまんまんなかで」という台詞をどう読むか。

警戒の弛む下城刻のほうが狙いやすいと、友之進は考えていた。

無論、油断は禁物だ。

刺客は物狂いの右京之介、どんな手を使ってくるかわからない。

屋形船の一件から今日で五日目、連日、過度な緊張を強いられ、友之進は眠れぬ日々を過ごしている。

慎十郎のやつ、どこに行っちまったのだ。

あれだけの手柄をあげておきながら、柳橋の桟橋からすがたを消して以来、今日まで行方知れずとなっている。

身を挺して、殿を守らねばならぬ。

肝心なときにすがたをみせぬとは、怪しからぬやつだ。

しかし、考えてみれば、藩籍を失った慎十郎に藩主を守る義務はない。

こっちで勝手に、居てほしいと願っているだけだ。

裏を返せば、頼り甲斐のある男だと認めている。

そんな自分が、友之進は情けなかった。

——どん、どん、どん。

西ノ丸の太鼓櫓から、登城を促す太鼓の音色が響いてくる。

先触れが戻ってきた。

「怪しい者はおりませぬ」

「よし。隊列を整えよ」

豪右衛門は、凜然と言ってのけた。

この男、ただの老い耄れではない。

麻裃の下には重い鎖帷子を着込み、腰に両刀を差したうえに、柄の太い管槍までたばさんでいる。

しかも、袴の裾をたくしあげて帯に挟み、若い供侍といっしょに全速力で走るのだ。

七十という齢（よわい）が、まったく信じられない。

豪右衛門の気魄に引っぱられ、供人たちの士気はおのずと高まっていた。

が、さすがに今日で五日目、老臣の健脚にも限界はある。

無理が祟（たた）って寝込まねばよいがと、友之進は案じていた。

大名の安董を乗せた網代駕籠は、さすがに立派な代物だ。

打揚腰網代と呼ばれ、無双窓（むそうまど）ではなく、簾（すだれ）がさがっている。簾の中は障子張り、腰の部分は淡い緑色の網代、板屋根は黒塗りで、黒地の担ぎ棒には金泥で輪違いの家紋が描かれていた。

この駕籠を前後三人ずつ、計六人の陸尺（ろくしゃく）が担ぐ。

いずれも力自慢、健脚自慢の選（え）りすぐりたちだ。

脇を固める供人のなかには、旗指物を背負っている者もいる。

みな、合戦場へおもむくような物々しい扮装（いでたち）に身を固め、弓手なども随伴していた。

友之進は豪右衛門の前楯（まえたて）にほかならず、供侍としては最後の砦（とりで）となる。

誰もがみな、豪右衛門に倣い、袴の裾をたくしあげて帯に挟んでいた。

まるで、大きな提灯を腰にぶらさげているかのようだ。

珍妙な恰好（かっこう）にみえるものの、駆け駕籠をやる老中の供揃えは何処の藩であろうと、こうした風にならざるを得ない。
風が吹き、桜の花弁がひらひら落ちてきた。
「支度はよいか」
「ははあ」
「いざ、駆けませい」
戦場錆びの利いた豪右衛門の怒声が響き、網代駕籠と徒士たちが一斉に駆けだす。
土埃が濛々と舞いあがり、煙幕を張ったようになった。
気勢を発することはできず、みな、黙々と走りつづける。
ざっ、ざっと土を蹴る音と、荒い息継ぎだけが聞こえていた。
大量の汗が迸り、すぐに息が切れてくる。
かたわらを走る豪右衛門は、必死に前歯を剝いていた。
背負ってやりたいが、友之進も自分のことだけで手一杯だ。
右手に建つ伝奏屋敷が、あっというまに後方へ飛んでいく。
龍野藩の一団は、辰ノ口の東西大路を突っきった。
八代洲河岸との十字路へ出れば、和田倉門は目と鼻のさきだ。
右手前方には、御濠の余り水が滝となって落ちる様子が窺える。

門へとつづく石橋までたどりつけば、もはや、襲撃の恐れはない。

「あと四間」

ほっとしたのもつかのま、左右からばらばらと天狗どもが飛びだしてきた。

「あっ、黒天狗」

どこに隠れていたのか、供人の数と同等の二十人余りはいる。

「やれい」

首魁らしき黒天狗の合図で、刺客どもは刀を鞘走(さやばし)らせた。

「応戦しろ」

豪右衛門が怒鳴った。

受ける側も当然のごとく、柄袋(つかぶくろ)を外している。

供侍たちも抜刀し、有無を言わせぬ剣戟(けんげき)がはじまった。

いくつもの白刃と白刃がかちあい、激しい火花を散らす。

「うわああ」

いきなり、側面が突きくずされた。

敵は三人ひとかたまりとなり、供人ひとりに襲いかかってくる。

戦法を知りつくした者のように、水際だった動きをみせた。

実戦に馴れていない味方は、阿鼻叫喚の坩堝に陥るしかない。

「狼狽えるな。体勢を立てなおせ」

豪右衛門は侍大将よろしく吼え、鼓舞しつづけた。

闘いは一進一退となり、敵方にも怪我人が出はじめる。

敵の多くは天狗面をかなぐり捨て、白刃を振りまわしていた。

ほとんどは月代を伸ばしている。旗本の子弟ではなく、金で雇われた食いつめ浪人たちにちがいない。

もはや、刀を手にしていない味方もあった。

相手に組みつき、地べたに蹴倒し、脇差で首を掻こうとする。

まさに、合戦場で闘う足軽も同然だった。

友之進は駕籠を背にしつつ、敵の首魁を狙っている。

際立って強い天狗面の男に狙いを定め、じっと待ちかまえていた。

豪右衛門も背後から、首魁らしき男の動きに注目している。

「友之進、大将首じゃ。大将首を獲れば、一気に形勢は変わる」

「は」

天狗面の手練数人が、すぐそばまで迫ってきた。

「ぬげっ」

前面の供侍が袈裟懸けに斬られ、血を噴いて斃れる。

友之進は一歩踏みだし、斬りかかる敵の脇胴を抜いた。

「ぐはっ」

肉を斬る感触に狼狽えつつも、ふたり目の胸に白刃の先端を突きこむ。

「死ね」

突いた刀を抜いた途端、凄まじい鮮血が迸った。

返り血を浴びて血達磨となり、ぎょろ目で大将首を探す。

「おった」

首魁とおぼしき天狗は、朋輩をひとり葬ったところだ。

友之進は血塗られた刃を脇の下で拭い、右八相に構えなおした。

間合いを詰める。

「つおっ」

声が掠れて、上手に出てこない。

斬りつけた刀を弾かれ、たたらを踏んだ。

「石動どの」

加勢にはいった仲間が、ばっと胸を裂かれる。

その間隙を衝き、黒天狗の懐中に飛びこんだ。

「うしゃ……っ」

袈裟懸けがくる。

これを弾いた勢いのまま、友之進は薙ぎあげた。

切っ先がくんと伸び、相手の顎に引っかかる。

「ぬぐっ」

天狗面とともに、顔面を斜めに裂いてやった。

首魁とおぼしき男が、仰けぞるように斃れていく。

「やったか」

味方の何人かが、快哉を叫んだ。

だが、斬った相手は月代を伸ばしていた。

右京之介ではない。

「げっ」

友之進は振りむいた。

人影がひとつ、味方の隙間を縫うように、駕籠へと近づいていく。

天狗面をかぶったその人物こそ、右京之介にまちがいない。

最後の砦となったのは、豪右衛門であった。

「ここからは、一歩たりとも通さぬわい」

管槍を構え、獅子のように小鼻を張る。

全身から気が迸り、老骨といえども侮れぬ気配があった。

「御前」

助太刀しようにも、新たな敵が束になって掛かってくる。

友之進は、唇を噛んだ。

「ぬへへ、老い耄れめ」

豪右衛門と対峙する男は、みずから、面をはぐりとる。

やはり、右京之介だ。

無造作に構え、上段の一刀で管槍を叩きおとす。

「むう」

槍を失った豪右衛門は、腰の刀に手を掛けた。

わずかに早く、右京之介の水平斬りが伸びる。

「ぬはっ」

ずばっと、豪右衛門は胸を斬られた。

「ああ、ご家老が……何としたことか」

友之進も、供人たちも凍りつく。

「むひひ」

右京之介は狂ったように笑い、大声を張りあげる。

「脇坂安董め、覚悟せい」

刀を大上段に構えるや、とんと土を蹴った。

二間余りも飛びあがり、網代駕籠の屋根めがけて白刃を振りおろす。

――ぶん。

刃音が唸（うな）った。

右京之介が地に舞いおりた瞬間、堅固な駕籠がふたつになった。

まさしく、大きな桃が割れたかのごとく、左右に分かれたのだ。

「うわあ、殿」

友之進は、慟哭（どうこく）とも悲鳴ともつかぬ声をあげた。

十六

粉塵の消えたあとにあらわれたのは、一刀のもとに両断された駕籠の残骸(ざんがい)だった。

乗っているはずの安董はいない。

呆気にとられたのは、敵も味方もいっしょだ。

誰よりも駕籠を斬った右京之介が、狐につままれたような顔をしている。

「ぬはは、掛かったな、小悪党め」

胸を斬られたはずの豪右衛門がむっくり起きあがり、裂けた裃を脱ぎすてた。

鎖帷子を二重に着込んでいたおかげで、どうやら命を拾ったらしい。

「御前、殿は何処に」

友之進が問うた。

「あれよ」

老臣は振りむき、上屋敷の棟門を指差した。

新たな網代駕籠が陸尺に担がれ、東西大路のまんなかを悠然と進んでくる。

「あれに、殿が」

供人は、ひとりもいない。

「いいや、おる」

「ど、どこにおるのです」

「耳を澄ましてみよ。聞こえぬか」

東西大路の彼方から、蹄の音が近づいてくる。

土埃とともにあらわれたのは、毛並みも艶やかな黒鹿毛であった。

鞍に乗っているのは、槍をたばさんだ甲冑武者ではない。

「し、慎十郎」

友之進は仰天し、眸子を瞠る。

豪右衛門は、満足げにうそぶいた。

「敵を欺くにはまず味方から。友之進よ、すまぬな。毬谷慎十郎こそ、最後の砦じゃ」

「ふん、小癪な」

右京之介は眸子を怒らせ、ぺっと唾を吐きすてる。

慎十郎は網代駕籠を追いぬき、十間ほど手前で手綱を引きしぼった。

「われこそは毬谷慎十郎なり。笹部右京之介、尋常に勝負せよ」

「ふふ、あいかわらず、茶番の好きな男だな」

慎十郎は馬から降り、駕籠を背に抱えて身構える。

右京之介は右肩に刀を担ぎ、爪先にぐっと力を込めた。

「まいるぞ」

陣風となって駆ける背中を、友之進は目で追った。

「行ったぞ、慎十郎。抜け、刀を抜くのだ」

必死に叫んでも、慎十郎は微動だにもしない。

「ふわぁあ」

右京之介は雄叫びをあげ、刀を八相からさらに持ちあげる。

跳んだ。

撃尺の間合いで土を蹴り、三間近く飛翔した。

「死ねい」

慎十郎の脳天に狙いをさだめ、刀が振りおろされてくる。

刹那、慎十郎も宝刀を抜いた。

白刃の強烈な煌めきが、妖刀の一撃を弾きかえす。

――がしっ。

火花が散った。

ふたりは反撥するように離れ、相青眼に構えなおす。

間髪を容れず、慎十郎が喝しあげた。

「花散らしとは旋風なり。風をもって刀となす」

右京之介の顔色が変わった。

「おぬし、丹波一徹より秘技を授けられたのか」

「そうだとしたら、どうする」

「まさか」

あきらかに、右京之介は動揺している。

「物狂いめ、どうした。七曜剣の返し技、花散らしを恐れておるのか」

「黙れ。よし、秘剣とやらをみせてみろ」

「のぞむところ」

慎十郎は応じつつも、青眼の構えをくずさない。

一徹の言った「後の先」という教訓が、どっしりとした物腰に張りついている。

右京之介は焦れていた。いつもの人を食ったような振るまいはない。

刀を青眼から右八相に持ちあげ、円を描くように青眼に戻す。

不思議にも、刀が七本に分かれてみえた。

北辰一刀流の奥義、七曜剣だ。

「ふふ、やはり、使ってきたか」

「黙れ。おぬしに、わしは斬れぬ」

「どうかな」

「死ねっ」

右京之介は先手を取った。

「ふりゃ……っ」

突きで誘って、袈裟懸けを狙ってくる。

捷(はや)い。

この捷さこそが、魔剣の秘密だ。

「うお……っ」

慎十郎は吉光を地擦りに下げ、土を掬(すく)うように薙ぎあげた。

――ぶわっ。

凄まじい旋風が巻きおこり、地に落ちた桜の花弁が一斉に舞いあがる。

「おお」

右京之介は仰けぞり、瞬時にあらわれた絶景を目にした。

「花散らし……か」

おそらく、それは今生の見納め、死にゆく者へのはなむけだったにちがいない。

風を孕んだ吉光の一撃は、右京之介の両小手を薙ぎ飛ばしていた。

「ひぇええ」

自分を見失った外道は、鮮血を撒きちらしながら叫びつづける。

慎十郎は腰を落として身構えた。

「地獄へ堕ちよ」

静かに発し、水平斬りを繰りだす。

――ひゅん。

刃風が鬢を揺らした。

「のひぇっ」

右京之介の首筋に冷気が走る。

喉笛が裂け、血飛沫が紐のように噴きだした。

手首を失った腕で藻掻き、右京之介は前のめりに倒れていく。

そして、固い土に額を叩きつけ、ぴくりとも動かなくなった。

「下郎め」

慎十郎は吉光の血振りを済ませ、素速く納刀する。

生まれてはじめて、人を斬った。

が、動揺はない。

昂(たか)ぶりもなく、心は静謐(せいひつ)なままだ。

花散らしという奥義は、会得できなかった。

風を起こし、相手の捷さを押し殺しただけだ。

ひたすら勝つことだけを念じ、そのとおりになった。

だが、勝ったという感慨もなければ、生きのこった実感もない。

遠く和田倉門をのぞめば、黒天狗の残党どもがてんでんばらばらに逃げていく。

友之進は豪右衛門に肩を貸し、すぐそばまでやってきた。

大路のまんなかに置かれた網代駕籠は、さきほどから沈黙したままだ。

――ぶるる。

黒鹿毛が嘶(いなな)いた。

駕籠脇の躙(にじ)り口から、白足袋(たび)の足がすっと差しだされる。

履き物も履かず、ひょろ長いからだつきの老人がすがたをみせた。

雪を降らせたような白髪頭に皺顔の痘痕面、背筋のしゃんと伸びた痩身には貂の皮でつくらせた陣羽織を纏っている。

まちがいない。脇坂安董そのひとであった。

「へへえ」

豪右衛門と友之進は地に平伏し、慎十郎も慌ててふたりに倣う。

安董は愛馬の黒鹿毛に歩みより、太い首や頬を優しく撫でた。

ひとしきり愛情を注いだあと、三人のもとへ近づいてくる。

足を止め、錦繡の施された着物の袂を左右に振りはらう。

臍下丹田に力を込め、凜然と発してみせた。

「あっぱれ、毬谷慎十郎」

さらには、貂の皮の陣羽織を脱ぎ、手ずから慎十郎に渡す。

「纏うてみよ」

「は」

慎十郎は素直に応じ、下賜された褒美を身に纏った。

「よう似合う。ふははは」

安董は高らかに嗤い、網代駕籠の内へ消えていった。

待機していた陸尺六人が駆けより、太い棒を担ぎあげる。

下馬先までの供揃えは、豪右衛門と友之進のふたりしかいない。

露払いと太刀持ちだ。今日のところは、ふたりで充分だろう。

網代駕籠は悠然と、和田倉門へと向かっていく。

慎十郎は微動だにもせず、駕籠尻（かごじり）を見送った。

「さすが、龍野藩五万一千石の殿様だ」

少しばかり口惜しいが、安董の威風に屈せざるを得ない。

右京之介に斬られる危険をも顧みず、自分のような人間を信じ、たいせつな命を託してくれた。そのことに、心の底から感謝したい。

武士はおのれを知る者のために死すという。

その格言が「捨身」という父のことばに重なった。

八重桜の濃艶（のうえん）な花弁が、風に吹かれて舞っている。

俯（うつぶ）せになった右京之介の屍骸には、花弁が雪のように降りかかっていた。

十七

数日後。

慎十郎は、久方ぶりにすっきりした気分で下谷の御成街道を歩いていた。

見慣れた水茶屋では、看板娘のおみよが常連客に愛嬌(あいきょう)を振りまいている。

その様子を、物陰から覗いている者があった。

誰よりも会いたくない相手、安房屋卯太郎だ。

「旦那、お久しぶり」

「げっ」

卯太郎は目敏(めざと)くみつけ、鼠(ねずみ)のように駆けてくる。

「旦那、逃げるおつもりかい」

「別に、そんなつもりはない」

「じつは、おとっつぁんが惚(ぼ)けちまってね」

「え、長兵衛は生きておったのか」

「死んじまえばよかったのにね。角倉屋の屋形船に便乗し、物狂いの暴漢に襲われたあげく、運良くひとりだけ岸に流れついた。ところが、何ひとつおぼえちゃいねえ。自分の名すらまともに言えねえ始末でね」

慎十郎は「物狂いの暴漢」にさせられ、苦笑するしかない。

「へへ、おかげで安房屋は、おいらがあとを継ぐことになったってわけ。さっそく、おとっつぁんを勘当しちまったよ」

「まことか」

「冗談さ。信じたかい。あいかわらず、おもしろいお人だね」

「けっ、からかいやがって」

「冗談じゃないはなしは、こっからなんだよ。隠し蔵から、三千両のお宝がみつかったのさ」

「三千両」

もしかしたら、黒天狗どもが龍野藩の御用商人から盗んだお宝かもしれない。

「いくら突きあわせても、帳簿と合わない。これはきっと、良からぬ金にちがいないと踏んでね、そっくりそのまま、お救い小屋へ差しだしましたよ」

「ほう、それはまた殊勝なことだ」

本心から褒めてやると、卯太郎は図に乗って顔を寄せてくる。

「ところで、旦那にお願いした件はどうなりました」

「ん」

「恋文ですよ。おみよに、お渡しいただけたのでしょう」

「これか」

慎十郎は懐中に手を入れ、よれよれになった文を取りだす。

「すまぬ。まだ、ここにあった」

「おいおい、旦那あ」

「ま、許せ。こういうことはな、おのれの力で何とかせねばならぬ。おぬしが真面目にやっているすがたをみせれば、おみよも気変わりするかもしれぬしな」

「今さら、そりゃねえだろうよ。このすかたんめ」

「すかたん、何だそりゃ」

膨れ面の卯太郎と、どこまでも明るいおみよの顔は、どう贔屓目にみても釣りあわない。

とりあえず、ふたりが仲直りすることを望みつつ、慎十郎は神田川を越えた。

向かったさきはお玉ヶ池、千葉道場で門弟たちが炊き出しをやっていると聞き、訪ねてみようとおもったのだ。

玄武館の門を敲くのは、森要蔵と申しあいをやって以来のことだ。

気後れがするものの、訪ねてみれば何か良いことがあるとおもった。

四ツ辻を曲がると、門は開放され、塀に沿って長蛇の列ができている。

うらぶれた風体の百姓と浪人たちだ。

門の内を覗けば、襷掛(たすきが)けの門弟たちが大鍋から粥を掬っていた。

森要蔵もおり、咲のすがたもある。

千葉周作は、満面に笑みを湛(たた)えていた。

「お、みろ。でかいのが助(すけ)っ人(と)にきたぞ」

周作のことばが笑いを誘い、門弟たちから自然に迎えいれてもらえた。

笹部右京之介を討ったことが、みなの耳にも届いているのだろう。

千葉周作の弟子になるのも悪くはないと、慎十郎はおもった。

もちろん、咲や一徹の壁を越えねば、さきへは進めない。

「さあ、まごまごしてないで、手伝ってください」

男髷(おとこまげ)を結(ゆ)った咲に叱られ、慎十郎は鬢を掻いた。

爽やかな風が吹き、庭に植えられた八重桜が一斉に花弁を散らす。

「花散らしか」

森要蔵が、感慨深げにつぶやいた。

芝浜の沖合では、鱚(きす)や鰈(かれい)の便りも聞かれはじめたらしい。

明日(あした)からは本所の回向院(えこういん)境内で、勧進相撲が開催される。

八重桜が散れば、新緑の季節がやってくる。

ふと、四年前に龍野で見初めた娘の顔を思い浮かべた。

今ごろ、静乃はどうしているのだろうか。

「ほら、ぼけっとしないで」

咲にまた叱られ、慎十郎は掬った粥を落としかけた。


（了）

あとがき

——狼は生きろ、豚は死ね！

——読んでから見るか見てから読むか。

——いつかギラギラする日

進取の精神に富む版元の風雲児はかつて、観客や読者をわくわくさせるような、またときには度肝を抜いたり、怠惰な精神を辛辣（しんらつ）に射抜くようなキャッチコピーをつぎつぎと世に放った。あたかもそれは、江戸の戯作者や狂歌師が商家の宣伝用引札（ひきふだ）に秀逸な警句を並べたかのごとくである。

そのころのわたくしは学生で、斬れ味の鋭い文言の数々に心を揺さぶられていた。

それはインターネットも携帯電話も普及しておらず、ことばがまだ爆弾のように威力を発揮するよき時代で、懐かしさとともに自分の原点が浮かびあがってきたようにも感じられたせいか、角川春樹氏からお声を掛けていただいたとき、浮きたつような心持ちを抑えきれなかった。

そして、ことに思い入れの強い『あっぱれ毬谷慎十郎』シリーズを装いも新たに刊行していただきたいと、即座におもったのである。

誰よりも強くなりたいと願うまっすぐな若侍が、播州龍野から江戸にやってきて幾多の苦難に直面し、鮮やかな太刀さばきと持ち前の豪快さで切りぬけていく。そんなおはなしである。

五年前に角川文庫で刊行をはじめ、三巻で打止めにしようと企図したものの、やめるのは惜しいと常々考えているうちに時間が経ってしまった。しかしながら、これも因縁というべきか、角川文庫の育ての親である角川春樹氏のもとで蘇ることになった。既存の三巻に筆を入れ、装丁も新たにして世におくりだす。さらに、シリーズの再出発となる新たな書き下ろし一巻をくわえて、まずは四ヶ月連続で刊行することをもくろんでいる。

角川春樹氏とお目にかかり、さまざまな楽しいおはなしを拝聴できた。わたくしにとって、それはまさに奇蹟の時間であったと言ってもよい。

物語には当然のごとく、書き手の心情が投影される。今から再出発するシリーズには、少なからず、氏にお目にかかった際の気持ちの昂ぶりや熱情が込められていくことになるだろう。もちろん、それはひと夜のことでなく、わたくしが角川映画とその原作になった数多の本に魅了されていた日々の蓄積から生まれるものだ。

もう少し肩の力を抜いたほうがよいと、自分でもおもう。それだけ本シリーズへの愛着が強いのである。四巻目以降の書き下ろしは、一巻一巻が高みを目指す挑戦だとおもっている。

もちろん、おもしろくなければ、刊行はつづけられない。読者をつねに惹きつけられる物語でなければ、書きつづける価値はない。執筆は力仕事である。ときには過酷さもともなう。生半可な覚悟では、一文字たりとも綴ることはできまい。まさしく、飢えた金狼になるべし。

と、そんなふうに自分でハードルをあげてしまえば、肩に力が入っても致し方ないではないか。

二〇一六年元旦　自邸にて

坂岡　真

解説

加藤裕啓

池波正太郎、司馬遼太郎、藤沢周平が相次いで鬼籍に入り、書店にとっても時代小説の新しい書き手が渇望されたころ、二十一世紀と共に各社の時代小説文庫が続々とお目見えした。佐伯泰英さんの作品などが火付け役となり、書店の店頭でも「時代小説文庫」のコーナーができ始めた。それから十年以上が過ぎたが、今まさにこの分野は書店にとってはライトノベルと並ぶ売筋である。江戸川乱歩賞や、直木賞受賞の作家も参戦し、著者も内容も多岐に渡っている事も人気の要因だ。加えてほとんどの作品が書き下ろしであり、文庫でしか読めない。これは本の鮮度という面からは一番の魅力である。しかし新人作家にとっては両刃(もろは)の剣でもある。書き下ろしの新人作品をどのように売るかは書店員の腕の見せ所でもあるが、これが中々苦労する。

坂岡真さんの人気シリーズ「鬼役」は、現在巻を重ねて十七巻。「この時代小説がすごい！　2015年版」でもランクインし、読者を増やしている。元々この作品は（今はもう刊行されていない）学研M文庫から「鬼役　矢背蔵人介」のシリーズ名で発行され、光文社文庫で復刊してから人気を博した。業界的には二次文庫である。学研M文庫で発行したときは時代が追い付いていなかったのか、光文社文庫では毎年巻を重ねるまでの人気シリーズとなった。そのほか双葉文庫の、「帳尻屋始末」シリーズの主人公を変えた「帳尻屋仕置」シリーズも好調だ。こうなると読者はこの著者のまた少し違う主人公も読みたくなる。

「あっぱれ毬谷慎十郎」シリーズは一巻が平成二十二年に角川文庫の書き下ろしとして発刊され、三巻まで発刊された。「鬼役」の再文庫化が平成二十四年。それから考えるところもまた少し早い発行であったのかもしれない。しかし今は坂岡真さんの人気も上昇中。何度かご来店いただいたことがあるが、非常に物腰が柔らかく優しいお人柄の中に、静かながらも強い情熱を感じ、同じく本に熱い想い（おも）を持つ者として大きな励みになった。今回のハルキ文庫での発行はファンの待つところでもあり、親文庫を超えてシリーズ化（まずは四カ月連続刊行予定）される事を知り私も嬉しく思う。

物語の舞台となる天保九（一八三八）年は江戸時代中期の平和な時代から、放漫な政治で幕府に対する不満が増大し、百姓一揆（いっき）や打ち毀（こわ）しなどが各地で勃発する時代へと向かう時期である。またこの時期は他流試合も解禁となり、剣術が再び隆盛となる。無数の流派とその道場から生まれた秘伝の剣の競演は読者の想像力を掻き立て、時代小説の舞台とするには最高の時代である。

主人公「毬谷慎十郎」は弱冠二十歳。身の丈六尺（百八十二センチメートル）の大男。毬谷三兄弟は播州龍野城下ではその剣名を知らぬものはいない。特に三男の慎十郎はその中でもずば抜けた剣の資質を備えていた。しかも性格は真っ正直で型破り、束縛を嫌い世間の間尺では計れない男。

〝日本一の剣士になりたい〟

強い夢を抱いて、故郷を飛び出した。慎十郎は坂岡さん作品史上最強の剣客であると言っていいだろう。真っ直ぐだけれども柔軟な部分も持ち合わせ、ちょうどよく気が抜けたところが魅力の、読んでいて非常に気持ち良い若者である。

毬谷慎十郎の父、慎兵衛は十一代将軍徳川家斉の前で柳生新陰流などの猛者を赤子の手をひねるように倒し、将軍家指南役への取り立てを打診されたほどの剣の達人。しかし「剣の道に邪心が混じってはならぬ」と辞退。下賜された「藤四郎吉光」の名刀とともに国許に戻り文武稽古所を去って、町外れに道場を開く。その父の遺伝子は三兄弟にしっかりと受け継がれている。

物語は慎十郎が父に勘当を言い渡され、強い相手を求め剣豪集う江戸へ向かうところから始まる。餓死寸前で江戸についた慎十郎は托鉢僧に命を救われ、そのとき知り合った元加賀前田家の家臣と名乗る恩田信長を伴って道場破りに明けくれる。野に放たれた虎の如く名立たる道場を次々と破り、一躍江戸の有名人となるが、そんな快進撃も江戸三大道場の一つである練兵館での女剣士「咲」との一戦からは、「本当の強さとは何か」を探す彷徨える剣の旅となる。

一方、宿敵ともなる笹部右京之介は、元勘定奉行の笹部修理の次男。官学を学べば神童と呼ばれ、北辰一刀流の千葉道場では天才と噂された。しかし、笹部家の衰退とともに人の道を外れ、「剣は人を斬るためにあり、強ければそれでよい」という狂気の剣を振るう。

笹部家は代々、但馬国出石藩仙石家の出入旗本を務めたが、お家騒動の余波を受けお役を失う。そのお家騒動を見事に裁いたのが播州龍野藩主脇坂中務大輔安董で、外様大名にして本丸老中まで出世した人物だ。笹部家にとって安董は憎むべき相手でもある。

時の江戸では大商人の蔵を狙った打ち毀しが毎夜のように続いていた。役に就けない旗本の次男坊などの旗本奴が市中で幅を利かせ、私腹を肥やす強欲商人を襲うとの正義を御旗に、夜ともなると流民化した暴徒を煽り略奪暴行を繰りかえす。その一団は「黒天狗」と呼ばれ、その首魁は笹部右京之介。また、吉原のお歯黒どぶには夜な夜な女郎の首なし死体が浮かぶ。それもまた右京之介の仕業。慎十郎の剣を陽とすれば、右京之介の剣はまさに陰である。

「黒天狗」対策を思案する龍野藩江戸家老赤松豪右衛門は、右京之介を闇（やみ）に葬るために慎十郎を刺客に仕立てようと画策する。

十三歳の時に山賊に襲われたところを救われた慎十郎に思いを寄せる、赤松豪右衛門の孫娘「静乃」。

千葉周作の兄弟子で「花散らし」の奥義を持つ丹波一徹。

幼くして両親を亡くし、祖父一徹のもとで剣術修行に励み強靭（きょうじん）な剣と気丈さを持つ女剣士「咲」。

江戸での初めての友として、その後の慎十郎の深く関わる浪人「恩田信長」。

剣の道を求め彷徨える慎十郎の心中とは裏腹に様々な人々と様々に関わり、時には翻弄されながら慎十郎は己の剣の道を模索する。

世直しと称する黒天狗の打ち毀しに加わった慎十郎は、辻（つじ）斬りの下手人として捕えられる。そこで、米問屋の打ち毀しの裏にある陰謀を知る事になる。

慎十郎の怒りは頂点に。右京之介との対決の時が迫る。右京之介の剣は北辰一刀流の奥義「七曜剣」。この奥義に対抗できるのは返し技とされる丹波一徹の「花散らし」しかない。しかし、この剣は一子相伝の奥義であり、それを継ぐのは咲でしかない。

和田倉門に向かう網代駕籠（あじろかご）。

笹部右京之介の剣は、お家を失脚させた憎き脇坂安董めがけ振りおろされる。

毬谷慎十郎の真っ直ぐな剣は、何者にも左右されない強い精神力をもって「七曜剣」に向かう。

おりから、すさまじい旋風が巻きおこり桜の花弁が一斉に舞い上がる。

肩肘（ひじ）張らずに読める時代小説は最良の清涼剤です。

（かとう・やすひろ／紀伊國屋書店・梅田本店）

本書は、二〇一〇年十二月に刊行された
『あっぱれ毬谷慎十郎』（角川文庫）を底本とし、改題しました。

さ 20-1

虎(とら)に似(に)たり　あっぱれ毬谷慎十郎(まりやしんじゅうろう)㊀

著者　坂岡(さかおか) 真(しん)

2016年1月18日第一刷発行
2016年2月 8 日第三刷発行

発行者　角川春樹

発行所　株式会社 角川春樹事務所
〒102-0074 東京都千代田区九段南2-1-30 イタリア文化会館

電話　03(3263)5247[編集]　03(3263)5881[営業]

印刷・製本　中央精版印刷株式会社

フォーマット・デザイン＆シンボルマーク　芦澤泰偉

ISBN978-4-7584-3974-9 C0193

http://www.kadokawaharuki.co.jp/[営業]
fanmail@kadokawaharuki.co.jp[編集]　ご意見・ご感想をお寄せください。